사랑에 빠진 악마

이삭줍기
환상문학
05

사랑에 빠진 악마

Le
Diable
Amoureux

자크 카조트 지음
최애영 옮김

열림원

오. 어머니!

안타깝게도, 저는 가장 거역하기 힘든

열정의 포로가 되었어요!

이젠 저 스스로 그것을 제어하는 것이 불가능해졌어요.

아! 저의 가슴에 대고 말씀해주세요,

제가 그 열정을 내쫓아야만 하는지를…….

차례

사랑에 빠진 악마   ⋯   9

작품 해설_ 최애영
근대 악마의 운명 ─ 욕망의 복권에서 새로운 은폐로   ⋯   147

내가 스물다섯 살이었을 때의 일이다. 그 당시 나는 나폴리 왕립 근위대에 대위로 근무하고 있었다. 우리는 동료들끼리 많이 어울렸는데, 젊은이들이 흔히 그러하듯이, 주로 여자와 도박으로 시간을 보냈다. 물론 돈주머니가 충분히 두둑한 때에 한해서였다. 돈이 다 떨어졌을 때면 우리는 병영에 남아 밑도 끝도 없는 이야기를 서로 잘난 체하며 떠들어대곤 하였다.

어느 날 저녁이었다. 군밤 몇 개와 아주 작은 키프로스산(産) 포도주 한 병을 놓고 온갖 종류의 추론들로 에너지를 소진하던 무렵, 우리의 대화는 우연히 히브리 신비 철학*과 그 비법을 행하는 강신술사들에 관한 토론으로 들어가게 되었다.

우리들 중 한 명이 그것은 진정한 과학이며 그 작업 또한 신뢰할 만하다고 주장하였다. 그러자 젊은 축에 드는 네 명이 그것은 불합리투성이인 데다가, 우직한 사람들을 속이고 아이들의 관심을 사로잡는 데 딱 좋은 천박한 계략들의 원천이라고 반박하였다.

그 가운데 가장 나이가 많은 플랑드르 출신의 고참은 멍하니 파이프를 피우면서 한마디도 하지 않고 있었다. 그의 무관심한 표정과 어딘가에 넋을 뺏긴 듯한 모습은 혼이 빠질 정도로 시끄러운 그 북새통 같은 불협화음 사이로 나의 눈길을 끌었다. 대화가 좀 산만하게 진행되어서 별 흥미를 느끼지 못하던 참에, 그 광경은 나를 설전에서 끄집어내버렸다.

밤이 깊어지자, 모두들 헤어지고 그와 나, 이렇게 둘만 남았다. 우리는 그의 방에 있었다.

그는 계속 차분한 자세로 파이프를 피웠다. 나는 테이블 위에 두 팔꿈치로 턱을 괸 채 말없이 앉아 있었다. 마침내

---

* '카발라(Kabbalah)'라고 불리는 히브리 신비 철학은 유대교에 내재하는 비교(秘教)적인 전통을 반영한다. 유대인들은 그들의 신비주의적인 생각에 따라 성경의 텍스트를 해석하는 문학작품을 만들었는데, 구약성서의 일부분을 이루고 있는 「시편」이나 「아가(雅歌)」 등을 대표작으로 꼽을 수 있다.

그가 침묵을 깼다.

"여보게, 좀 전에 자네는 잔뜩 주절대는 소리들을 옆에서 그냥 듣고만 있었네. 왜 설전에 끼어들지 않았는가?"

"그건 내가 모르는 것에 대해 무턱대고 동의하거나 비난하기보다는 침묵하기를 더 좋아하기 때문이죠. 나는 신비술이 뭘 말하는지조차도 알지 못하거든요."

"그것은 몇 가지 의미를 지니고 있다네. 그렇지만 중요한 것은 그 의미가 아니라, 그것 자체에 있지. 자네는 금속을 변화시키고 영혼을 복종시키는 과학이 존재할 수 있다고 믿는가?"

"난 영혼에 대해서는 아는 바가 없어요. 나 자신의 영혼부터 시작해서요. 그저 내 영혼이 이 세상에 존재하고 있다는 것을 확신할 뿐이죠. 금속에 관해서라면, 도박이나 여관이나 혹은 다른 장소에서 1카를랭*의 가치가 어느 정도인지는 알고 있어요. 그렇지만 그러저러한 금속들의 본질과 그것들에 가해질 수 있는 변형이나 각인에 관하여서는 긍정도 부정도 할 수 없어요."

"젊은 친구, 자네의 무지함이 참 마음에 드는군. 그것은

---

* 나폴리의 옛 화폐.

다른 사람들에게 학설과 동등한 가치를 지니지. 적어도 자네가 오류에 빠져 있는 것은 아니니까 말일세. 그리고 지금은 자네가 폭넓은 지식을 갖추고 있지 못하지만 그렇게 될 수 있는 가능성은 있으이. 자네의 본성, 자네의 그 솔직한 성격, 그 충직한 정신이 내 마음에 들어. 나는 대다수의 사람들보다 뭔가 더 알고 있는 것이 있다네. 자네의 명예를 걸고 절대로 침묵을 지키겠다고 맹세해주게. 신중하게 행동하겠다고 약속하게. 그러면 자네는 내 제자가 될걸세."

"오, 소베라노* 선배님, 선배님은 저에게 정말 매력적인 출구를 열어주시는군요. 호기심은 나의 가장 강력한 열정이랍니다. 솔직히, 나는 천성적으로 평범한 지식들에 대해서는 별로 열의가 없어요. 그것들은 언제나 지나치게 편협하다는 느낌을 주거든요. 선배님이 새로운 세계로 뛰어들도록 나를 도와주고 싶어 하시다니, 벌써 그 세계가 드높은 곳이라는 예감이 드는군요. 그렇지만 선배님이 말씀하시는 그 과학의 첫째 열쇠라는 건 뭐죠? 아까 동료들이 서로 다투어 말하던 것에 따르면, 우리에게 가르침을 주는 것은 바로 혼령이라는데, 아마 사람들이 그것과 관계를 맺을 수 있나 보

---

* Soberano, 스페인어로 주인, 지배자, 주군을 의미한다.

죠?"

"바로 그것일세, 알바로,* 사람들이 자신으로부터 배울 수 있는 것은 아무것도 없어. 우리가 서로 좀 더 긴밀한 유대를 맺었을 때 내가 어떤 일을 해줄 수 있는가 하면 말이야, 그건 내가 그 혼령과의 관계에 대해 세상에 둘도 없는 증거를 하나 자네에게 보여주는 것이라네."

이 말을 마치면서, 그는 마지막 담배 한 모금을 빨아들였다. 그는 바닥에 약간 남아 있던 재를 떨어내기 위해 파이프를 세 번 두드린 다음, 내 옆의 테이블 위에 놓고는 목소리를 높였다. "칼데론,† 내 파이프를 가져가게. 그리고 불을 붙여서 다시 가져와."

그의 명령이 떨어지기가 무섭게, 파이프가 사라져버렸다. 그리고, 어떻게 그런 일이 벌어질 수 있는지 그 방법에 대해 추론하고, 명령을 받은 칼데론이라는 작자가 누군지 내가 미처 물어볼 시간조차 없이, 불붙인 파이프가 되돌아왔고, 나의 대화 상대는 어느새 그 한가한 일을 다시 하고 있었다.

---

* 　작가는 스페인 귀족 출신인 주인공의 이름을 프랑스식 이름인 '알바르(Alvare)'로 표기하고 있다. 그러나 역자는 이야기의 배경을 고려하여 고유명사들을 상황에 따라 이탈리아나 스페인식으로 옮겨 주인공의 이름도 '알바로(Alvaro)'로 표기하였다.

† 　Calderon, 가마솥.

그는 한동안 파이프 피우기만을 계속했다. 담배 맛을 음미하기보다는 나에게 일으킨 놀라움을 즐기기 위해. 그리고 일어서면서 말했다. "난 내일 해 뜰 무렵에 보초 교대를 지휘해야 해. 누워 쉬어야겠어. 자네도 돌아가서 잠자리에 들게. 내 말대로 하게나. 우린 내일 또 보게 될 거야."

나는 호기심과 새로운 생각에 대한 갈망으로 한껏 부풀어 오른 채 물러나면서, 소베라노의 도움으로 나를 새로운 생각들로 가득 채우리라 내심 기약하였다. 그다음 날 그를 보았다. 그리고 그다음 날들도. 이제 내게는 어떤 다른 열정도 없었다. 나는 그의 그림자나 다름없었다.

나는 그에게 수많은 질문을 던졌다. 그는 어떤 것들은 해명해주었고, 어떤 것들은 신탁(神託)을 내리는 듯한 어조로 대답해주었다. 마침내 나는 그와 동류의 사람들이 믿는 종교의 구체적인 조항들을 알려달라고 조르게 되었다. "그건 자연종교*야" 하고 그가 대답했다. 우리는 몇 가지 세부사항으로 들어갔다. 그런 결정들은 나의 합리적인 원칙들보다는 나의 성향과 더 어울리는 것이었다. 그러나 나는 목적에 이르기를 원하고 있었고, 그것이 방해 받아서는 안 되었다.

---

* 자연의 원칙들에 따라 작용한다는 뜻이다.

"선배님은 혼령에게 명령할 수 있어요. 그렇죠? 나도 선배님처럼 그런 관계를 맺었으면 좋겠어요. 그러고 싶어요. 정말 그러고 싶어요!"

"흥분을 잘 하는군, 친구. 하지만 자네는 아직 자네에게 예정된 시험을 거치지 않았어. 자넨 그 숭고한 범주에 두려움 없이 다가갈 수 있게 해주는 조건들 중에 어떤 것도 충족시키지 못했단 말이야……."

"어! 시간이 많이 걸리나요?"

"아마 2년쯤……."

"차라리 이 계획을 그만두겠어요" 하고 내가 외쳤다. "그 사이에 안달이 나서 죽을 거예요. 잔인해요. 선배님이 내 안에 지펴놓은 욕망의 불길이 어떤 것인지 상상도 못 하실 거예요. 난 지금 타들어가고 있다고요……."

"젊은 친구, 난 자네를 좀 더 신중한 사람으로 믿고 있었어. 그런데 자네가 우리 둘 모두를 위험에 빠뜨릴 것 같아 몹시 두렵구먼. 나 참! 아무런 준비도 없이 혼령을 부르는 위험을 무릅쓰겠다니……."

"아니! 그렇다면 제게 무슨 일이라도 일어날 수 있다는 말씀인가요?"

"자네에게 꼭 나쁜 일이 일어날 거라고 말하지는 않겠어. 혼령이 우리에게 영향력을 갖는다면, 그것은 바로 우리의 허약함이, 그러니까 우리의 심약함이 그 혼령에게 그럴 수 있는 힘을 주기 때문이지. 하기야 우리는 혼령에게 명령하도록 태어났으니까 말이야……."

"아! 난 혼령에게 명령을 내릴 거예요!"

"그래, 자네는 몹시 흥분된 상태에 있어. 그러나 자네가 냉정함을 잃어버린다면, 그리고 그것이 자네를 꽤 심각한 두려움에 떨게 한다면 어떻게 할 거지……?"

"오직 그걸 무서워하지 않는 것만이 문제라면, 나를 공포에 떨게 할 그것의 최악의 모습이 어떤 것일지를 상상해보겠어요."

"나 참! 악마를 보게 된다면, 그땐……?"

"난 지옥의 대악마의 두 귀를 이렇게 잡아당기겠어요."

"브라보! 자네가 자신에 대해 그토록 확신을 갖고 있다면, 모험을 해봄 직하네. 내 자네를 도와주지. 약속하네. 다음 주 금요일 저녁에, 내 동료 두 명과 함께 식사할 기회를 만들겠네. 그날 저녁에 모험을 끝내자고."

이제 겨우 화요일이었다. 나는 여자의 환심을 사기 위한 어떤 약속도 그 만남만큼 성마르게 기다려본 적이 없었다. 마침내 기약한 날이 다가왔다. 나는 소베라노의 방에서 별로 호감 가지 않는 용모의 두 사나이를 만났다. 우리는 저녁 식사를 했다. 대화는 관심 없는 일들 위주로 굴러갔다.

저녁식사를 마치자, 그들이 포르티치* 폐허 쪽으로 걸어서 산책하자고 제안했다. 우리는 길을 떠났다. 그리고 도착했다. 더할 나위 없이 장엄하던 건축물들의 허물어져 부서진 잔해들이 가시덤불로 뒤덮인 채 여기저기 나뒹굴고 있었다. 그러한 광경이 평소에 떠오르지 않던 상념들을 내게 불러일으킨다. 내가 길을 가던 도중에 말했다. "자, 이게 바로 인간의 오만과 능숙함이 만들어낸 작품들에 시간이 가하는 권능이군요." 우리는 폐허를 가로질러 거의 더듬다시피 하여 잔해를 통과한 끝에, 마침내 어떤 장소에 도달하였다. 어찌나 캄캄한지 외부의 어떤 빛도 그곳으로 침투해 들어올 수 없을 것 같았다.

소베라노가 내 팔을 잡고 이끌어주었다. 그가 멈추어 섰다. 그러자 나도 멈춘다. 그때 일행 중의 한 명이 부싯돌을 쳐서 촛불을 켠다. 우리가 머물고 있던 장소가 희미하게나마 밝아진다. 나는 우리가 꽤 잘 보존된 어떤 동굴 속에 있다는 사실을 알게 되었다. 동굴은 대략 8미터 정도의 정방형이었고, 네 개의 출구가 있었다.

그보다 더 완벽한 침묵을 경험해본 적은 없었다. 바닥은

---

* Portici, 베수비오 산자락에 위치한 도시. 여기서 이야기되고 있는 폐허는 화산 폭발로 인해 폼페이와 함께 폐허가 된 헤르쿨라눔(Herculanum)을 환기시킨다.

모래로 얇게 덮여 있었다. 그는 갈대 하나를 잡고 걸으면서 그 주위로 원을 긋는다. 그리고 그 안에 문자 같은 그림을 몇 개 그린 다음 밖으로 나온다. "이 오각성(伍角星)* 안으로 들어가게, 용사. 그리고 확실한 징후가 있을 때만 거기서 나오게……"

"좀 더 자세하게 설명해주세요. 어떤 징후가 있어야 나올 수 있죠?"

"모든 것이 자네에게 복종해야 하네. 그전에는 안 돼. 만약 두려움 때문에 잘못된 행동이라도 한다면, 극도로 심각한 위험에 빠질 수도 있다는 것을 명심하게."

그 순간 그는 혼령을 부르는 짧은 주문(呪文)을 나에게 가르쳐주었다. 거기에는 어떤 절실함이 녹아 있었다. 몇 개의 단어들로 구성된 그 문구를 나는 영원히 잊지 못할 것이다.

"이 주술문을 소리 내어 읽게, 단호한 어조로. 그다음에는 또박또박 베앨제뷔트†를 세 번 부르게. 그리고 특히, 자네가 하겠노라고 맹세한 것을 잊지 말게."

악마의 귀를 잡아당기겠다고 자신만만해했던 것이 기억

---

* 신비술에서 마술 고유의 특징들을 상징하는 형상.
† Béelzébuth, '베앨제불'이라고도 불리는 이 이름은 신약성서(마태복음 12장 24절)에 악마들의 우두머리로 등장한다.

났다. 나는 거짓말을 했다고 반박당하기 싫어서 그에게 말했다. "약속을 지킬 겁니다."

"우리 모두 자네의 성공을 빌겠네. 임무가 끝났을 때 우리에게 알려주게. 우리와 다시 합류하러 오기 위해 통과해야 할 문이 바로 자네 정면에 위치해 있네." 그들은 물러났다.

이보다 더 난처한 상황에 처한 허풍쟁이를 상상하기란 어려울 것이다. 나는 그들을 다시 부르려고 했다. 그러나 그 순간, 그러한 행동이 너무도 수치스럽게 느껴졌다. 더구나 그것은 나의 모든 희망을 포기하는 것을 의미하였다. 나는 서 있던 그 자리에서 마음을 굳게 다잡고 잠시 스스로를 타일렀다. 저들은 나를 공포에 떨게 하고 싶었던 거야. 저들은 내가 겁쟁이가 아닌지 보고 싶은 거야. 나를 시험하는 자들이 여기서 두 발치 떨어진 곳에 있어. 그러니까 나는 초혼의 주문을 외친 다음, 나를 겁에 질리게 하기 위해 저들이 뭔가 시도하기를 기다려야 하는 거야. 의연하게 행동하자. 고약한 농담을 조롱으로 갚아버리자.

부엉이와 올빼미들의 울음소리가 근처에서 그리고 심지어 동굴 안에서도 들려오고 있었다. 그 소리에 내가 약간 동요되었던 것은 사실이지만, 이 다짐은 꽤 빨리 내 마음의 중심에 자리 잡았다.

그렇게 심사숙고한 덕택으로 조금은 마음이 진정되었다.

나는 허리를 꼿꼿이 세우고, 두 다리에 단단히 힘을 준 상태로 똑바로 선다. 그리고 선명하고 힘 있는 목소리로 주술을 읊은 다음, 목청을 더욱 높여 짧은 간격으로 베엘제뷔트를 세 번 부른다.

전율이 나의 모든 혈관을 타고 퍼져가는 것을 느꼈다. 그리고 내 머리카락이 일제히 머리 위로 쭈뼛 곤두섰다.

주술을 마치자마자, 궁륭 꼭대기 맞은편 창문의 두 문짝이 활짝 열어젖혀진다. 대낮의 햇빛보다 더 눈부신 굵은 빛줄기가 열린 창을 통하여 쏟아져 들어온다. 그 형태나 크기가 끔찍하기 짝이 없는 낙타* 머리 하나가 불쑥 창에 나타난다. 무엇보다 그것은 엄청나게 큰 귀를 가지고 있다. 그 추악한 유령이 아가리를 벌린다. 그리고 모습만큼이나 소름 끼치는 어조로 나에게 이탈리아어로 대답했다, 케 부오이?†
주변의 모든 동굴과 지하 무덤들이 서로 다투어 그 무시무

---

* 구약성서에 따르면, 낙타는 불순하고 부도덕한 동물이다. 카조트가 악마를 표현하기 위하여 구약성서로부터 영감을 얻어서 의도적으로 낙타의 이미지를 동원했을 가능성이 크다. 다른 한편으로 『상징사전Dictionnaire des symboles』(Jean Chevalier 편저, Laffont 출판사, 1969)에 따르면 왕의 종복인 동시에 신비 철학을 전수하는 자와 낙타를 동일시하는 여러 고서적들을 발견할 수 있다. 이것은 알바로의 대사에 등장하는 히브리 신비 철학과 신비주의 비법을 환기시킨다.

† Che vuoi?, 무엇을 원하느냐?

시한 케 부오이? 로 터질 듯이 진동한다.

나의 상황을 어떻게 묘사해야 할지 모르겠다. 무엇이 나의 용기를 지탱해주었는지, 그리고 상상을 초월하는 그 어마어마한 소리와 광경 속에서도 무엇이 나를 실신하지 않게 해주었는지 설명할 길이 없다. 아직도 그것이 내 귓전에 울려 퍼지면서 나를 무섭게 하는데도 말이다.

나는 나의 모든 힘을 모아야 할 필요를 느꼈다. 식은땀이 흐르면서 내 힘이 전부 흩어지려 했다. 나는 정신을 집중시켰다. 분명 우리의 영혼은 아주 거대하고 경이로운 원동력을 지니고 있는 게 틀림없다. 수많은 감정과 관념과 깊은 생각들이 나의 가슴을 두드리고 나의 정신을 통과하면서, 일제히 한꺼번에 내 존재에 강력한 인상을 새겼다.

급작스러운 변화가 이루어지면서, 나는 공포를 다스릴 수 있게 되었다. 과감하게 유령을 직시했다.

"이토록 추악한 모습으로 나타나다니, 도대체 너 자신이 누군지 아느냐, 건방진 놈?"

유령이 잠시 우물쭈물한다.

"나를 찾은 자가 너로구나." 그가 좀 수그러진 목소리로 말했다.

"노예인 주제에, 네가 감히 주인을 두려움에 떨게 하려 드느냐? 네가 나의 명령을 떠받들기 위해 왔다면 그에 적합한 모습과 복종하는 어조를 취하라."

"주인님, 주인님 마음에 들려면 제가 어떤 모습으로 대령해야 하옵니까?"

내 머리에 가장 먼저 떠오른 것이 개의 모습이었으므로 그에게 말했다. "스패니얼의 모습으로 나타나라." 나의 명령이 떨어지자마자 그 무시무시한 낙타는 5미터나 되는 목을 길게 빼내어 동굴 한가운데 바닥까지 이르게 하였다. 그리고 가늘고 윤기 흐르는 부드러운 털의 흰 스패니얼 한 마리를 토해냈다. 그의 귀가 땅에 끌렸다.

창이 다시 닫히고 모든 환영은 사라졌다. 그리고 꽤 환해진 동굴에는 오직 그 개와 나만 남았다.

개는 꼬리를 흔들며 원 주위를 돌더니 나에게 여러 차례 꾸벅꾸벅 절을 하였다.

"주인님, 주인님의 발끝을 핥고 싶사옵니다. 그렇지만 주인님을 둘러싸고 있는 이 무서운 원이 저를 물러서게 하옵니다."

나의 자신감은 급기야 나를 더욱 대담하게 만들었다. 나는 원에서 나와 발을 내민다. 개가 내 발을 핥는다. 나는 그의 귀를 당기기 위해 몸을 굽힌다. 그는 나에게 총애의 표시를 바라는 듯 등을 땅에 대고 눕는다. 나는 그것이 앙증맞은 암컷이라는 사실을 알게 된다.

"일어나라. 너를 용서하겠다. 너도 알다시피 나에게는 일행이 있다. 그분들이 여기서 조금 떨어진 곳에서 기다리고 있다. 긴 산책 때문에 좀 시장할 것이다. 그분들에게 요깃거리를 대접하고 싶다. 과일과 잼, 얼음과자, 그리스산 포도주가 필요해. 그리고 물론, 이곳은 지나치게 요란하지 않게, 그러나 밝고 단정하게 장식해야 할 것이야. 요기가 끝날 무렵에 너는 최고의 재능을 지닌 연주자로 나오너라. 하프를 들고 말이다. 네가 나타나야 할 때가 되면 너에게 알려주겠다. 너의 역할을 잘 수행하도록 주의해라. 너의 노래 속에 표현력을 담고, 너의 자세에 정숙함과 조심성을 깃들게 해라……."

"그렇게 하겠사옵니다, 주인님. 한데 주인님께서 내거시는 조건은 어떤 것이옵니까?"

"순종하는 것이다, 노예. 대꾸하지 말고 복종하라. 그렇지 않으면……."

"주인님은 저를 잘 모르시옵니다. 주인님은 저를 좀 덜 엄격하게 대하시게 될 것이옵니다. 음, 전 주인님의 경계심을 풀고 주인님의 마음에 드는 것을 유일한 조건으로 내걸겠어요."

개가 말을 마치기가 무섭게, 나는 발꿈치로 돌면서 나의 명령들이 이행되는 것을 본다. 오페라의 무대장치가 세워지는 것보다 더 신속하게 일이 이루어졌다. 그전까지만 해도 시커멓고 습하고 이끼로 뒤덮여 있던 동굴의 벽면들이 온화한 색조와 유쾌한 형태를 띠게 되었다. 벽옥빛 결무늬가 새겨진 대리석 살롱이 된 것이다. 천장은 가지런히 늘어선 기둥들이 떠받치는 아치 모양으로 건축되어 있었고, 각각 세 개씩 초가 꽂힌 여덟 개의 수정 촛대는 살롱 전체에 선명한 빛을 골고루 퍼뜨리고 있었다.

잠시 후, 식탁과 요리를 진열해놓은 뷔페가 정렬되고, 우리의 향연을 위해 준비된 모든 요리와 식기 세트들이 그 위에 차려졌다. 과일과 잼은 이 세상에서 가장 희귀하고 진미로우며 먹음직스러운 외양을 갖춘 것들이었다. 식탁과 뷔페에서 사용되는 자기 그릇은 일본에서 온 것들이었다. 그 귀여운 암캐는 마치 일을 서둘러 진행시키려는 듯, 그리고 내가 만족하는지를 묻기라도 하는 듯, 연회장을 쉼 없이 돌아다녔고 내 주위에서 수도 없이 절을 하였다.

"아주 좋아요, 비온데타.* 이제 하인복을 입어요. 그리고 이 근처에 있는 신사분들에게 가서 내가 향연을 준비해놓고 기다리고 있다고 전해요."

---

* Biondetta, 이탈리아어로 금발 여성을 가리키는 애칭.

내가 시선을 잠시 다른 곳으로 돌렸을 뿐인데도, 그사이에 벌써 나의 가문(家紋)이 새겨진 경쾌한 복장을 입은 시동 한 명이 타오르는 횃불을 들고 나가고 있다. 얼마 지나지 않아, 그는 플랑드르 출신의 내 동료와 그의 두 친구를 데리고 돌아왔다.

그들은 어떤 시동이 당도하여 정중하게 인사말을 올리는 것을 보고 뭔가 놀라운 일이 벌어지리라고 이미 마음의 준비를 하고 있었지만, 나를 남겨두었던 그 장소에 일어난 변화에 대해서는 미처 예상하지 못했다. 내 머리가 갖가지 생각으로 바삐 움직이지만 않았어도 나는 그들의 놀람을 좀더 즐길 수 있었을 것이다. 그 놀람은 경탄 어린 외침으로 터져 나왔을 뿐만 아니라, 그들의 표정과 태도 변화에서도 확연하게 드러났다.

"여러분들께서는 나에 대한 깊은 애정으로 이곳까지 먼길을 오셨습니다. 이제 우리에게는 나폴리로 돌아가는 일이 남아 있습니다. 이 조그만 향연이 여러분들의 기분을 상하게 하지는 않을 것이라고 생각했습니다. 급히 서둘러 준비하느라 별로 차린 것도 없고 다채롭지도 않습니다만 너그러이 양해해주시기 바랍니다."

나의 여유만만한 태도는 공간의 외형적 변화나 그들을 위해 준비된 향연의 간소하고도 우아한 차림새보다도 더 그들을 당황하게 하였다. 나는 그것을 알아차렸다. 그리고 지체 없이, 나 자신에 대한 내면적인 도전이기도 하였던 한 모험의 대미를 근사하게 장식하리라 결심하였다. 본래의 내 쾌활한 성격을 과장해서라도 가능한 한 최대의 효험을 맛보고 싶었던 것이다.

나는 그들에게 식탁에 앉으라고 재촉하였다. 시동이 그들이 앉을 수 있도록 의자를 밀어주었고, 그 민첩함은 가히 감탄할 만하였다. 모두들 자리에 앉았다. 나는 포도주를 따르고 과일을 돌렸다. 오직 나의 입만이 말하고 먹기 위해서 움직일 뿐이었다. 다른 사람들은 입을 딱 벌린 채로 어안이 벙벙한 표정을 짓고 있었다. 그러나 나는 그들에게 과일을 먹도록 부추겼고, 나의 자신감은 그들의 마음을 움직였다. 그러자 나는 나폴리에서 가장 어여쁜 사교계 여인의 건강을 위해 잔을 든다. 그리고 우리는 건배를 한다. 나는 어떤 새로운 오페라 작품에 대하여, 나폴리에 온 지 얼마 되지 않은, 그 재능에 대한 소문이 궁정에 파다하게 퍼져 있는 로마 출신의 한 즉흥 연주자에 대하여 얘기하고, 음악이나 조각과 같은 매력적인 재능들에 대해 재차 언급한다. 그리고 기회를 틈타, 살롱을 장식하고 있는 몇몇 대리석 작품의 아름다움에 대해 공감을 표명하도록 그들을 유도한다. 포도주 한병이 비워진다. 그리고 더욱 훌륭한 포도주가 뒤따른다. 시동이 여러 명으로 늘어난다. 그의 시중은 한순간도 활기를 잃지 않는다. 나는 그를 슬쩍 곁눈질해본다. 시동의 반바지를 입은 사랑의 요정을 상상해보시라. 내 모험의 동반자들도 그들대로 그를 곁눈질한다. 그들의 표정에는 놀람과 즐거움과 불안의 기색이 역력하다. 그런 지루한 상황이 내 마음에 거슬렸다. 나는 단조로움을 깨야 할 때가 되었다고 느꼈다. 내가 시동에게 말했다. "비온데토,* 플로렌티나 부인이 내게 시간을 잠시 내주겠노라고 약속했으니까, 혹시 그녀가 도착하지는 않았는지 한번 가봐요." 비온데토가 집 밖으로 나간다.

손님들이 내가 한 말의 기이함에 놀랄 시간조차 갖지 못하는 사이에, 살롱의 한쪽 문이 열린다. 그리고 플로렌티나가 하프를 들고 들어온다. 그녀는 풍성하면서도 얌전한, 하늘거리는 평상복 차림이었으며, 아주 투명한 망사가 얼굴 위로 드리워진 여행 모자를 쓰고 있었다. 그녀는 하프를 옆에 내려놓고 자연스럽고 우아한 포즈로 인사한다. "나리, 일행이 함께 계시는 줄은 미처 몰랐습니다. 그렇지 않았더라면 이런 옷차림으로 나타나지는 않았을 것입니다. 신사분들

---

* 비온데타의 남성형 이름.

께서는 이 여행객을 너그러이 양해해주시기 바라옵니다."

그녀가 자리에 앉는다. 그리고 우리는 우리의 조그만 향연에 남아 있는 것들을 다투어 그녀에게 바친다. 그러나 그녀는 예의상 그것들을 건드리기만 할 뿐이다.

"뭐요? 부인, 나폴리에 머무르시지 않을 거란 말씀이오? 부인을 붙잡을 방법은 없겠소?"

"이미 오래전에 한 약속 때문에 어쩔 수 없습니다, 나리. 지난번 베니스에서 있었던 카니발에서 사람들이 저에게 많은 호의를 베풀어주었어요. 그래서 그곳으로 다시 가겠다고 약속할 수밖에 없었지요. 게다가 이미 계약금을 써버렸답니다. 그 일만 아니라면, 이곳 궁정에서 제게 제안하려던 훌륭한 조건들과 나폴리 귀족들의 호평을 얻을 수 있는 절호의 기회를 포기할 수는 없었을 것입니다. 이곳 귀족들은 이탈리아의 어느 귀족보다도 고상한 취향을 가지고 있답니다."

나폴리인들은 두 눈을 비빌 정도로 진실한 그 광경에 사로잡힌 나머지 칭찬에 화답하기 위하여 몸을 굽힌다. 나는 그 명연주가에게 그녀의 재능을 조금만이라도 들을 수 있게 해달라고 다그쳤다. 그녀는 감기에 걸리고 여행에 지쳐 있었다. 그녀가 우리에게서 자신의 명예가 손상될까 봐 염려하는 것은 당연했다. 결국 그녀는 하프 연주가 중간에 삽입되는 레시터티브와, 그녀가 데뷔하기로 되어 있는 오페라 작품의 3막을 마감하는 비장하고도 짧은 아리아를 한 곡 연주하기로 결정하였다.

그녀는 하프를 들고, 전주곡을 먼저 켜기 시작한다. 길고 통통한 사랑스러운 흰 손에는 선연한 자줏빛이 감돈다. 그녀의 손가락 끝은 거의 눈에 띄지 않을 정도로 살짝 둥글었고, 그 손톱의 정갈한 모양새와 우아함은 상상조차 할 수 없는 것이었다. 우리는 놀라움에 사로잡혀 있었으며, 이 세상에서 가장 감미로운 연주회에 있는 듯했다.

그녀가 노래 부른다. 그녀는 어느 누구보다도 아름다운 목청과 고아한 영혼과 풍부한 표현력을 지니고 있었다. 아무도 그처럼 소박하게 감정을 실으면서도 그토록 커다란 감동을 줄 수는 없을 것이다. 나는 가슴 깊숙한 곳까지 감동되었다. 그리고 나는 넋을 앗아가고 있는 그 매력의 창조자가 바로 나 자신이라는 사실을 거의 잊어가고 있었다.

그녀는 자신의 레시터티브와 노래에 담긴 애정 어린 표현들을 나에게 건네고 있었다. 그녀의 시선의 불꽃이 베일을 뚫고 흘러나왔다. 그것은 가슴을 찌르면서도 상상을 초월하는 부드러움을 지니고 있었다. 그 눈이 내게 낯설지는 않았다. 베일 너머로 내 눈에 보이는 특징들을 그대로 재구성하면서, 나는 플로렌티나 속에서 비온데토의 장난기 어린 깜찍한 모습을 알아보았던 것이다. 그러나 그 우아함, 그 잘록

한 허리는 시동의 옷보다는 몸에 붙는 여성스러운 옷 속에서 훨씬 더 돋보였다.

그녀가 노래를 마치자, 우리는 마땅히 그에 어울리는 찬사를 보냈다. 나는 그녀의 다양한 재능에 감탄할 기회를 누릴 수 있도록 열정적인 아리아를 한 곡 더 불러달라고 그녀를 졸랐다.

"안 돼요. 지금 이 마음 상태에서는 도저히 제 임무를 제대로 수행하지 못할 것 같아요. 더구나 나리께서는 제가 나리께 복종하기 위해 기울인 노력을 잘 지켜보셨을 것입니다. 제 목소리에서 여행의 피로가 느껴져요. 목소리가 베일에 가린 듯 탁해요. 그리고 나리께서도 제가 오늘 저녁에 떠난다는 사실을 이미 알고 계셨잖아요. 저를 이곳으로 데려온 자가 청부된 마부여서 그자의 지시에 따라야 해요. 그러니 부디 아량을 베푸시어 제 사과의 말씀을 받아주시어요. 그리고 제가 물러가도록 허락해주셔요." 이렇게 말하면서 그녀는 일어나 하프를 들고 떠나려 한다. 나는 그녀의 손을 잡는다. 그리고 그녀가 들어왔던 문까지 그녀를 배웅한 다음, 나의 일행 곁으로 돌아온다.

내가 그들에게 즐거움을 불어넣어주었던 것이 분명하였다. 그러나 그들의 시선 속에서 거북함도 엿볼 수 있었다. 나는 키프로스산 포도주를 동원하였다. 그것은 감미로웠고,

나에게 힘과 정신력을 되찾아주었다. 우리는 연거푸 마셨다. 시동은 벌써 내 뒤에서 대기하고 있었다. 밤이 깊어가고 있었으므로, 마차를 준비시키라고 명령했다. 비온데토는 즉시 나가서 나의 명령을 수행했다.

"여기에 마차와 마부가 있단 말이오?" 소베라노가 물었다.

"예, 모임이 길어질 것에 대비하여 우리를 뒤따라오게 했습니다. 여러분들께서 편안하게 돌아가는 것을 불쾌하게 여기시지는 않을 것이라고 생각했지요. 그러니 한 잔 더 합시다. 돌아가는 길에 발을 헛디딜 염려는 없을 테니까요."

내 말이 채 끝나기도 전에 시동은 키 큰 장정 두 명을 데리고 들어왔다. 그들은 내 가문의 문장이 새겨진 하인복을 멋지게 차려입고 있었다. "알바로 주인님, 나리의 마차는 저 너머에 대기 중이옵니다. 이곳을 둘러싸고 있는 폐허의 잔해들 때문에 여기까지 끌고 오지는 못했습니다. 그렇지만 아주 가까이 있사옵니다." 우리가 일어나자, 비온데토와 두 하인이 앞장선다. 모두 걸어간다.

부서진 기둥과 초석들 사이로 우리 네 사람이 나란히 함께 걸어가는 것이 불가능했기 때문에 소베라노만이 내 옆에서 걷게 되었다. 그는 내 손을 꼭 쥐었다. "자네는 우리에게 멋진 향연을 베풀었네, 친구. 그러나 비싼 값을 치를걸세."

내가 대꾸했다. "친구, 그것으로 인해 자네가 즐거웠다면 난 너무도 만족하네. 난 내가 치러야 할 값을 대가로 하여 자네에게 그렇게 베풀었네."

우리는 마차에 도달한다. 다른 두 하인, 즉 두 명의 마부와 전원(田園) 마차 한 대가 나의 명령을 기다리고 있다. 그보다 더 안락한 마차를 원할 수는 없을 것이다. 나는 예우를 받는다. 그리고 우리는 경쾌하게 나폴리를 향하는 길로 접어든다.

우리는 한동안 침묵을 지켰다. 마침내 소베라노의 친구 중 한 명이 침묵을 깼다. "결코 당신의 비밀을 묻지는 않겠소, 알바로. 그러나 당신이 뭔가 독특한 계약을 맺은 것은 분명하오. 어느 누구도 결코 당신처럼 받들어진 적은 없었소. 비법을 행해온 40여 년 이래로 나는 당신을 위해 하루 저녁에 베풀어진 이 환대의 4분의 1조차도 받아본 적이 없소. 그것들은 우리의 눈을 즐겁게 하려고 궁리하기보다 오히려 우리의 눈을 괴롭히려는 때가 더 많소. 그런데도 우리는 우리가 경험할 수 있는 최고의 경이로운 환영(幻影)을 보았소. 그러나 난 그것에 대해 왈가왈부하지는 않겠소. 어쨌든 당신 스스로 자신이 어떤 일에 연루되었는지 잘 알고 있을 것이오. 당신은 아직 젊어. 당신 나이에는 욕망이 너무 강해서 모두들 곰곰이 생각해볼 시간의 여유를 가질 수가 없어. 그저 전적으로 쾌락만을 서둘러 누리고자 할 뿐이지."

베르나딜리오는—이것이 그 사람의 이름이었다—이렇게 말하면서 동시에 자신의 말에 귀 기울이고 있었다. 그리고 무어라 대답해야 할지 생각할 시간을 나에게 주었다.

"내가 어떤 경로로 그런 특별한 호의를 이끌어낼 수 있었는지는 잘 모르겠어요. 그렇지만 그것이 결코 오래 지속되지 않을 것이라는 예감은 들어요. 그리고 난 좋은 친구들과 그 모든 것을 함께 나누었다는 것으로 위안을 삼을 겁니다."

그들은 내가 그들에게 마음을 열지 않는 것을 확인했고, 대화는 여기서 끊어졌다.

그러나 침묵은 깊은 생각에 잠기도록 이끌었다. 나는 내가 행동한 것과 본 것을 마음속으로 떠올렸다. 그리고 소베라노와 베르나딜리오가 한 말들을 비교하면서, 헛된 호기심과 무모함 때문에 한 남자가 빠져들 수 있었던 최악의 난국으로부터 내가 막 빠져나오고 있다는 결론을 내렸다.

내가 교육을 제대로 받지 못한 것은 아니었다. 나의 아버지 베르나르도 마라빌랴스* 경(卿)은 나무랄 데 없는 신사였고, 나의 어머니 돈나 멘시아는 더없이 확고한 신앙심을 지녔으며, 에스트라마두르에서 가장 존경받을 만한 분이었다.

---

* Maravillas, 스페인어로 경이, 불가사의 등을 의미한다.

나는 열세 살까지 바로 그들의 슬하에서 자랐다. 나는 마음 속으로 말했다. '오! 어머니, 어머니께서 당신의 아들을 보셨다면, 그리고 지금도 보고 계시다면, 이 일에 대해 무어라 말씀하시겠어요? 하지만 이것이 오래가지는 않을 것입니다. 약속드려요.'

그사이, 마차는 나폴리에 들어서고 있었다. 나는 소베라노의 친구들을 각자 집까지 데려다주었다. 그리고 그와 나는 병영으로 돌아왔다. 우리는 보초들 앞을 사열하여 지나갔다. 내 마차의 화려함이 그들을 약간 눈부시게 했다. 그러나 마차 앞쪽에 앉아 있던 비온데토의 매력적인 자태는 바라보는 자들에게 더욱더 강한 인상을 주었다.

시동은 마차와 마부들을 돌려보내고 그들에게서 횃불을 건네받은 다음, 병영을 통과하여 내 숙소까지 나를 데려간다. 누구보다 놀란 사람은 나의 사환이었다. 그는 내가 자랑스럽게 이끌고 온 새 하인에 대해 묻고 싶어 했다. "이제 그만해, 카를로. 난 지금 자네가 필요치 않아. 가서 쉬게. 내일 말해주겠네."

비온데토는 방으로 들어서자마자 곧장 문을 닫았다. 이제 내 방에는 우리 둘만 있다. 지금 막 헤어진 일행들 사이에서나, 방금 통과해온 소란스러운 장소에서의 상황이 내게는 차라리 덜 당혹스러웠다.

나는 모험을 끝내려는 의도 속에서 잠시 마음을 가다듬는다. 그리고 시동에게 눈길을 던진다. 그의 시선은 땅을 응시하고 있다. 그의 얼굴이 붉은빛으로 물드는 것이 뚜렷이 보인다. 그의 태도에서 당혹감과 커다란 마음의 동요를 느낄 수 있다. 결국 나는 그에게 말을 걸려고 애쓴다.

"비온데토, 자넨 정말 내 시중을 잘 들었어. 자네는 성심을 다하여 일했네. 그렇지만 자네의 임금이 미리 지불되었기 때문에, 우리 사이에는 계산이 끝났다고 생각해."

"이것으로 우리 사이에 계산이 다 끝났다고 생각하시다니, 알바로님은 너무도 고귀하셔요……."

"자네가 나에 대한 의무 이상으로 일을 했다면, 내가 그 나머지에 대해 빚진 것이 있다면, 계산서를 주게. 그러나 즉시 지불하겠다고 말하지는 않겠네. 현 분기(分期)의 예산이 완전히 바닥났거든. 도박장과 여관과 양복점 주인에게 지불해야 할 것이 있어서 말이야……."

"나리께서는 화제와 상관없는 농담만 하시는군요."

"내가 농담 투를 거둬버리면 자네더러 물러가 달라고 애원하는 꼴이 될걸. 왜냐하면 시간도 늦었고, 또 난 자야 하니까."

"몰상식하게 이 시각에 날 돌려보내신단 말씀이에요? 스페인 기사(騎士)로부터 이런 대우를 받으리라고는 상상조차

못 했어요. 당신 친구들이 내가 여기에 온 사실을 알고 있어요. 당신의 병사들과 하인도 나를 보고 나의 성(性)을 짐작했다고요. 내가 비천한 사교계 여자라면 당신은 나의 처지에 맞는 예절을 차리기 위해 얼마만큼의 배려는 하시겠죠. 하지만 나에 대한 당신의 이 태도는 불명예스럽고 수치스러워요. 이 때문에 자존심 상하지 않을 여자는 아무도 없을 거예요."

"그러니까 이제 예의 바른 대우를 끌어내기 위해서 여자가 되고 싶다 이건가? 좋아! 물러가는 것이 그토록 끔찍하게 수치심을 불러일으킨다면 그걸 피하기 위해 신중하게 열쇠 구멍으로 빠져나갈 방도나 궁리해보는 게 어떨까?"

"이럴 수가! 정말! 내가 누구인지도 모르면서……."

"내가 어떻게 그걸 모를 수 있겠나?"

"당신은 그걸 모르고 있어요. 분명히 말하건대, 당신은 자신의 선입관에만 귀 기울이고 있다고요. 하지만 내가 누구인가가 중요하지는 않아요. 난 지금 당신의 발치에서 눈물을 흘리고 있어요. 당신을 고객으로 생각하고 애원하겠어요. 지금 당신이 범하고 있는 것보다 더 심각한 나 자신의 경솔함 때문에, 난 오늘 당신에게 복종하기 위해 나 자신을 비롯한 모든 것을 바치고 희생했어요. 그래도 아마 이건 용서해주실 수 있겠죠. 왜냐하면 그 대상이 바로 당신이니까요. 난 가장 잔인하고 가장 집요한 열정 때문에 나 자신에게 반항했어요. 이제 오직 당신만이 나를 보호해줄 수 있고, 오직 당신의 방만이 나의 피신처예요. 이 방에서 나를 내쫓으실 건가요, 알바로? 한 스페인 기사가 자신을 위해 모든 것을 희생한 한 존재를, 자신 외에는 어느 누구에게서도 도움받을 수 없는 사랑에 빠진 한 영혼을, 한마디로 나와 같은 성(性)을 지닌 한 인간을 이처럼 가혹하고 비열하게 대했다고 훗날 말하실 건가요?"

나는 그 당혹스러운 상황에서 빠져나오기 위해 가능한 한 뒤로 물러섰다. 그러나 그녀는 나의 무릎을 감싸안고 기다시피 하면서 나를 따라왔다. 결국 나는 벽에 기대어 진퇴양난이 된다. "일어서요. 의도한 것은 아니었겠지만, 나를 감동시키기 위해 방금 당신이 한 말은 내가 과거에 했던 맹세를 떠올리게 하는군요. 나의 어머니께서는 처음으로 내게 검을 주시면서, 평생 여성을 대함에 신중을 기할 것이며 어떤 여성에게도 고통을 주지 않을 것을 맹세하게 하셨지요. 오늘 벌어지고 있는 이 일이 내가 생각하고 있는 그것이라면……."

"맙소사! 잔인한 사람 같으니, 어떤 자격이든 좋으니 내가 당신 방에 머물 수 있도록 허락해줘요."

"사태의 희귀함 때문에 나도 그러고 싶군요. 그리고 내 모험의 기이함이 극치에 이르도록 해보고도 싶어요. 내가 당신을 보지도 듣지도 못하도록 알아서 처신해줘요. 나에게 불안감을 불러일으킬 수 있는 단어나 움직임이 조금이라도 있을 시에는 즉시 언성을 높여 굵은 목소리로, 이번에는 내가 당신에게 물을 거요. 케 부오이? 하고 말이오."

나는 등을 돌려 침대로 가서 옷을 벗는다. 목소리가 들려온다.

"도와드릴까요?"

"아니요, 나는 무관(武官)이오. 나 스스로 할 거요."

나는 잠자리에 든다. 커튼의 너울 너머로, 자칭 시동이 벽장 한쪽에서 발견한 낡은 거적 하나를 방 한구석에 옮겨놓는 것이 보인다. 그는 그 위에 앉아서 옷을 모두 벗고 의자에 걸쳐져 있던 나의 외투들 중에 하나로 몸을 감싼다. 그러고는 불을 끈다. 우선은 이것으로 장면이 끝난다.

그러나 곧이어 그녀는 나의 침대에 다시 나타나기 시작했다. 나는 잠을 이룰 수가 없었다.

시동의 초상화가 침대 천장과 네 개의 기둥에 걸려 있는 것만 같았다. 내 눈에는 오직 그의 모습만이 보일 뿐이었다. 나의 마음을 홀리는 그 형체와 전에 보았던 무시무시한 유령에 대한 생각을 연결하려고 노력하였지만, 그것은 헛된 일이었다. 그 끔찍한 환영이 오히려 그것의 매력을 더욱 북

돋울 뿐이었다.

아름다운 선율의 노래가—그것은 동굴에서 들었던 노래였다—그 매혹적인 목소리가, 마음으로부터 우러나오는 그 노랫말이 아직도 내 가슴속에 울려 퍼지면서 묘한 전율을 일으키고 있었다.

나는 중얼거렸다. 아! 비온데타! 그대가 환상적 존재만 아니라면, 그대가 그 추악한 낙타만 아니라면!

한데, 어쩌다 내가 이런 동요에 휩쓸리게 된 거지? 어쨌든 나는 공포를 이겼다. 그러니 더 위험한 감정일랑 뿌리 뽑아 버리자. 내가 도대체 거기서 어떤 달콤함을 기대할 수 있단 말인가? 그건 여전히 그 근원과 관계있지 않은가?

그토록 감동적이고 그토록 감미롭던 시선의 불꽃은 가혹한 독약이다. 그토록 선명한 빛깔과 그토록 아름다운 모양의 신선한 입술, 그러나 너무도 순진해 보이는 입술, 그것은 오직 거짓을 말하기 위해서만 열릴 뿐이다. 그 가슴, 그것이 진정으로 가슴이라면, 그것은 배반하기 위해서만 뜨거워질 뿐이겠지.

나를 불안하게 하던 마음의 동요를 계기로 깊은 상념에 잠긴 동안, 달은 어느덧 구름 한 점 없는 하늘 꼭대기에 이르러, 커다랗게 세 칸으로 나뉜 유리창을 통하여 내 방 안으로 온통 창살 같은 빛을 내리꽂고 있었다.

나는 침대 속에서 특별한 동작을 하고 있었다. 침대는 새 것이 아니었다. 나무가 갈라지고, 침대 밑판을 받치고 있던 세 개의 판자가 와장창 무너진다.

비온데타가 벌떡 일어나 나에게 달려오면서 겁에 질린 듯한 어투로 말한다. "알바로 나리, 무슨 일이에요? 무슨 불행한 일이라도 일어났나요?"

사고를 당했음에도 불구하고 나는 그녀를 시야에서 놓치지 않고, 일어나 달려오는 그녀의 모습을 지켜보았다. 그녀는 시동복 셔츠를 입고 있었다. 달빛이 그녀의 허벅지를 포착하여 그 실루엣을 비추었다.

형편없는 내 침대 상태에는 별로 동요되지 않던 내가— 사실 나는 좀 더 불편한 상태로 누워 있었을 뿐이라고도 할 수 있다—비온데타의 품속에 안겨 있다는 것에는 마음이 몹시 흔들렸다.

"아무 일도 아니에요. 그러니 물러가요. 실내화도 신지 않고 타일 바닥에 서 있군요. 감기 걸리겠어요. 어서 돌아가요……."

"하지만 불편해 보이시는걸요……."

"그래요. 당신이 지금 나를 불편하게 하고 있어요. 물러가라 하잖아요. 그렇지 않으면 당신이 내 방에서 밤을 보내기를 원했으니까 저 구석에 있는 거미줄 속으로 자러 가라고 명령할 거요." 그녀는 내 위협이 끝나기를 채 기다리지도 않고, 아주 낮은 소리로 흐느끼면서 거적 위로 가서 눕는다.

밤이 다 지나가자, 겹치는 피로 때문에 나는 잠시 잠이 든다. 아침이 밝았을 때에야 비로소 나는 잠에서 깨어난다. 눈을 뜨자마자 나의 시선이 향한 곳이 어딘지 모두들 짐작할게다. 나는 눈으로 시동을 찾았던 것이다.

그는 윗저고리를 제외한 옷을 모두 입고 조그만 등 없는 의자에 앉아 있었다. 그는 바닥까지 떨어지는 머리채를 풀어헤치고 있었다. 자연스레 나부끼는 머릿결의 굴곡은 그의 등과 어깨, 그리고 그의 얼굴까지도 완전히 덮고 있었다.

그는 어찌할 방도가 없어, 엉킨 머리채를 손으로 풀고 있었다. 이 세상에서 가장 아름다운 상아 빗도 그처럼 잿빛 감도는 금발의 밀림을 유유히 쓸어내린 적은 없었을 것이다. 그 부드러운 머릿결은 다른 모든 완벽한 면모만큼이나 아름다웠다. 깨어났음을 알리는 나의 조그만 동작에 그녀는* 얼굴에 그늘을 드리우던 곱슬머리를 손가락으로 가른다. 아침 이슬의 신선함과 향기를 머금은 봄날의 새벽 안개 사이로 떠오르는 첫 햇살을 상상하시라.

---

* '그'와 '그녀' 사이의 엇갈린 사용을 통하여, 알바로가 비온데토(타)의 모습에 혼동을 일으키는 순간을 포착할 수 있다.

"비온데타, 빗을 사용해요. 저 책상 서랍 안에 있을 거요."
그녀는 내 말에 따른다. 곧이어 그녀의 머리채는 우아하고
도 민첩한 손놀림에 의해 리본으로 묶여 머리에 고정된다.
그녀는 시동복 윗저고리를 걸친 다음 완벽하게 몸에 맞춘
다. 그리고 당혹감과 불안함이 엿보이는 수줍은 자세로 의
자에 앉는다. 그것이 나에게 강렬한 연민의 정을 불러일으
켰다.

난 생각했다. 점입가경이야. 하루에 이런 장면을 수없이
봐야 한다면, 정말이지 난 견딜 수 없을 것 같아. 결말을 짓
자, 그게 가능하다면 말이야.

내가 그녀에게 말을 건넨다.

"날이 밝았어요, 비온데타. 내가 예절을 지켰으니, 당신은
이제 사람들의 조롱을 두려워할 것 없이 내 방에서 나갈 수
있어요."

"전 이제 그런 두려움 따위는 초월했어요. 하지만 당신과
나, 각자의 이해관계를 생각하면서 난 훨씬 더 근거 있는 두
려움에 사로잡히게 되어요. 그것이 우리를 헤어질 수 없도
록 하고 있어요."

"좀 더 자세히 설명해줄래요?"

"그럴게요, 알바로." 그녀가 말을 계속한다.

"당신의 젊음 때문에, 그러니까 당신의 신중하지 못함 때

문에, 당신은 우리가 우리 주위로 끌어모은 위험들을 보지 못하고 있어요. 동굴에서 당신을 보는 그 순간, 극도로 끔찍한 환영 앞에서 당신이 보인 영웅적인 침착함 때문에 나는 당신에 대해 호감을 갖기로 결심해버렸지요. 그리고 내심 말했어요. 만약 행복해지기 위해 반드시 한 인간과 결합해야 한다면, 육체를 하나 갖도록 하자. 그리고 지금이 바로 그때다 하고 말이죠. 자, 나에게 어울리는 영웅이 저기 있다. 내가 그를 위해 하찮은 그의 경쟁자들을 희생시킴으로써 그들의 분노를 사게 된다 할지라도 상관없으리라. 내가 그들의 원망과 복수에 노출된다 한들 그것이 내게 뭐 그리 중요하랴? 알바로의 사랑을 받고 알바로와 결합한다면, 자연과 그들은 우리에게 굴복하리라. 당신은 일이 진행되는 것을 보았어요. 그리고 이게 바로 그 귀결들이죠.

　욕망, 질투, 원한, 분노, 이런 것들이 나 같은 종류의 존재가 자신의 선택으로 인해 타락했기 때문에 아마도 겪어야 할 가장 가혹한 징벌을 준비하고 있어요. 그리고 오직 당신만이 그것으로부터 나를 지켜줄 수 있어요. 해가 뜨자마자, 이미 밀고자들이 당신이 알고 있는 그 법정*에 당신을 강신

---

* 종교재판을 가리킨다.

술사라는 이유로 소환하기 위해 길을 떠났어요. 한 시간 후면……."

"그만해요"라고 나는 주먹을 눈 위에 올려놓으면서 소리쳤다. "당신은 진실 위조자들 가운데 가장 교묘하고 가장 탁월한 자요. 당신은 사랑에 대해 말하고, 그것의 이미지를 보여주고, 그러고는 그것에 대한 관념에 독을 넣는구려. 더 이상은 사랑에 대해 한마디도 말하지 말아요. 나를 진정시키고 해결책을 찾아봐야겠어, 그게 가능할지 모르지만. 나를 가만 놔둬요.

재판관의 수중에 떨어지는 것이 내게 닥친 운명이라면, 지금 이 순간으로서는 난 그와 당신 사이에서 주저하지 않겠어요. 그렇지만 당신이 이곳에서 빠져나가도록 나를 도와준다면, 그 대가로 내가 해야 할 일이 무엇이오? 내가 원한다면 당신과 헤어질 수 있나요? 명료하고 정확하게 대답하도록 당신에게 엄중하게 명령하겠소."

"나와 헤어지기 위해서는, 알바로, 당신의 의지에 따라 행동하는 것으로 충분합니다. 난 순종하도록 강요당하는 것이 안타깝기만 해요. 당신이 나의 열정을 계속 무시한다면, 당신은 은혜를 모르는 경솔한 사람이겠죠……."

"난 내가 떠나야 한다는 사실 외에는 아무것도 믿지 않아요. 사환을 깨우러 가겠소. 내 어머니의 은행 의뢰인인 벤티

넬리가 있는 베니스로 갈 거요."

"돈이 필요하세요? 다행히 만약의 경우를 생각해서 좀 준비해두었거든요. 그건 당신을 위한 것이에요……."

"거두어요. 만약 당신이 여자라면, 내가 그 돈을 받는 것은 야비한 짓일 거요……."

"선물이 아니에요. 난 그저 당신에게 빌려주겠다는 것뿐이에요. 은행가에게 명령서 한 장만 써주시면 되어요. 당신은 여기서 빚진 것에 대한 명세서를 작성하세요. 책상 위에 카를로에 대한 지불 명령서를 남겨두세요. 사임하지 않은 채 떠날 수밖에 없는 불가피한 사정에 대해서는 사령관에게 편지로 변명하세요. 난 마차와 말 몇 필을 구하러 역관(驛館)으로 가겠어요. 하지만 당신에게서 떨어질 수밖에 없는 이 마음은 커다란 두려움에 싸이게 되는군요. 알바로, 그전에 말해줘요, '나만을 위해, 오직 나만을 위해 한 육체에 연결되어 있는 그대 정령이여, 난 그대의 봉신(封臣)의 의무를 받아들이고 그대를 보호해주겠노라'고."

나에게 그러한 문구를 명령하면서 그녀는 나의 무릎으로 몸을 내던지고, 내 손을 꼭 잡아 쥐고는 눈물로 적셨다.

난 어떤 결정을 내려야 할 바를 모른 채, 멍하니 앉아 있었다. 난 저항 없이 그녀의 입맞춤에 손을 내맡긴다. 그리고 그녀에게 그토록 중요한 듯이 보이던 그 문장을 떠듬떠듬

말한다. 그것이 끝나기가 무섭게 그녀는 다시 일어난다. "이제 난 당신 것이에요. 난 이 세상의 모든 피조물들 가운데 가장 행복할 수 있을 거야." 그녀가 흥분하여 외친다.

한순간에, 그녀는 긴 외투를 우스꽝스럽게 두르고 커다란 모자를 눈 위로 푹 내려쓴다. 그리고 내 방을 나간다.

그동안 나는 내내 멍청한 상태에 있었다고 해도 과언이 아니다. 나는 내가 진 빚들의 명세서 위로 시선을 떨군다. 하단에 카를로에게 급여를 지불하라는 명령을 쓴다. 필요한 돈을 계산한다. 나와 가장 절친한 친구 중의 한 명과 사령관에게 편지를 쓴다. 틀림없이 그들은 나의 편지를 아주 이상하게 생각할 것이다. 이미 마차와 마부의 채찍 소리가 문밖에서 들려오고 있었다.

비온데타는 여전히 외투 속에 얼굴을 감춘 상태로 돌아와서 나를 이끌고 간다. 카를로가 소란에 잠이 깨어 셔츠 바람으로 나타난다.

"얼른 가보게나, 책상 위에 내 명령들이 있을 거야." 나는 마차에 오른다. 그리고 떠난다.

비온데타는 나와 함께 마차 안에 올라타고는, 앞좌석에 가 앉았다. 우리가 마을을 벗어났을 때, 그녀는 그늘을 드리워 얼굴을 가리던 모자를 벗었다. 그녀의 머리카락은 짙은 붉은색의 그물망 속에 정돈되어 있었고, 나는 단지 그것의 도독이 솟아오른 부분만을 볼 수 있었다. 그것은 산호 속에 박힌 진주알들로 장식되어 있었다. 그녀의 얼굴은 아무런 꾸밈도 없이, 오직 그것의 완벽한 형태만으로도 광채가 났으며 피부에는 투명한 분을 바른 것만 같았다. 그녀의 시선 속에서 반짝이는 그 영묘함이 어떻게 그런 감미로움과 솔직함과 순진함과 어울릴 수 있는지 아무도 상상할 수 없을 것이다. 나도 모르는 사이에 그런 사실을 관찰하고 있다는 것에 나는 적잖이 놀랐다. 그리고 그런 생각들이 나의 휴식에는 이롭지 못하다고 판단하고는 눈을 감고 잠들기 위해 노력하였다. 그 시도는 결코 헛되지 않았다. 잠은 나의 모든 감각들을 장악하였고 더없이 즐거운 꿈들을 내게 가져다주었다. 나의 영혼을 쇠진시키는 무섭고 기이한 상념들로부터 휴식을 취하기에 아주 적합한 꿈들이었다. 게다가 그것은 아주 길기까지 하였다. 훗날 어머니는 나의 모험들에 대해 곰곰이 생각하시면서 그 깊은 수면이 정상적이지 않았다고 강조하셨다. 어쨌든, 잠에서 깨어났을 때 나는 수로변, 베니스로 가는 배를 타는 부두에 있었다.

밤이 깊었다. 누군가 나의 소매를 잡아당기는 것이 느껴졌다. 짐꾼이었다. 별것 아닌 내 봇짐 몇 개를 운반하길 원했던 것이다. 나는 잠잘 때 쓸 두건조차도 가져오지 않았다.

비온데타가 다른 쪽 마차 문으로 나타났다. 나를 데려갈

배가 준비되었다고 말하기 위해서였다. 나는 기계적으로 마차에서 내린다. 그리고 작고 긴 돛단배에 오른 다음, 죽음과도 같은 길고 깊은 잠에 다시 빠진다.

어떻게 설명하는 것이 좋을까? 그다음 날 아침, 나는 내가 산마르코 광장의 한 여인숙에 묵고 있다는 사실을 발견했다. 그것은 베니스에서 가장 훌륭한 여인숙이었고, 나는 그중에서도 가장 아름다운 객실을 차지하고 있었다. 난 그곳에 묵었던 적이 있었던 터라, 즉시 그 장소를 알아보았다. 내 침대 옆에 옷이 보인다. 꽤 화려한 실내 가운이다. 아무것도 없이 도착한 나를 위하여 주인이 배려해준 것이리라고 어렴풋이 생각했다.

몸을 일으키면서, 내가 그 방 안에서 유일하게 살아 있는 물체인지 살펴본다. 비온데타를 찾고 있었던 것이다.

그 첫 행동이 부끄러워, 나는 나의 행운에 고마워했다. 그러니까 그 혼령과 내가 불가분의 관계에 있는 것이 아닌 거야. 난 그로부터 해방되었어. 그리고 나 자신의 신중하지 못한 행동의 여파로 내가 단지 근위대에서 중대 지휘권 정도를 잃었을 뿐이라면, 난 매우 운이 좋다고 생각해야 할 거야.

용기를 내라, 알바로, 나는 계속 생각했다, 나폴리가 아닌 다른 곳에도 얼마든지 궁정이 있고 군주도 있다. 네가 치유불능이 아니라면 이 일은 너를 바로잡아줄 것이다. 그러면 이제 넌 처신을 좀 더 잘하게 되겠지. 너의 복무가 거절당한 다손 치더라도, 다정한 어머니가 계신 에스트라마두르 고장과 아버지의 정직한 유산이 네게 두 팔을 벌리고 있잖아.

그나저나 이놈의 고약한 꼬마 악마가 네게 원하는 것이 뭐였더라? 고것이 24시간 내내 나를 떠나지 않았는데 말이야. 꽤 매혹적인 모습이었어. 내게 돈을 빌려주었으니, 그걸 갚았으면 좋겠는데.

이렇게 계속 중얼거리고 있는데, 나의 채권자가 오고 있는 것이 보인다. 두 명의 하인과 두 명의 곤돌라 뱃사공을 나에게 데려오고 있었다.

"카를로를 대신해서 시중들 사람이 필요해서요. 여인숙에 알아봤더니, 이 사람들이 총명하고 충직하다고 말해주더군요. 그리고 이쪽은 베니스 공화국에서 가장 용감무쌍한 선장들이에요."

"당신의 선택에 만족해요, 비온데타. 그런데 당신도 이 여인숙에서 묵었나요?"

"바로 주인님의 거처에서였습니다. 가능한 한 주인님께 불편을 끼치지 않기 위해서 주인님께서 쓰시는 방에서 가장 멀리 떨어진 방을 택했습니다."

그녀 자신과 나 사이에 거리를 두려는 그 정중한 행동에서 나는 신중하고 섬세한 배려를 보았다. 그녀에게 고마움을 느꼈다.

그녀가 내 곁에 줄곧 붙어 있기 위해 기꺼이 자신의 존재를 드러내보이지 않는다면, 최악의 경우에는 이 모호한 분위기로부터 그녀를 쫓아내지 못하게 되겠지. 하지만 그녀가 어느 방에 있는지 알게 되면, 그녀와 나 사이의 거리를 짐작할 수 있게 될 거야. 나는 이렇게 정당화된 변명에 만족하며 모든 것에 별 무게를 두지 않고 허락을 내렸다.

나는 어머니의 은행 대행인의 사무실로 가기 위해 외출할 생각이었다. 비온데타는 나의 몸단장을 위해 자신의 생각대로 지시를 내렸다. 준비를 마친 나는 목적지를 향하여 떠났다.

대행인은 내게 놀랄 만한 환대를 베풀었다. 자신의 사무실에서 그는 멀리서부터 나를 향해 아첨하는 시선을 보내며 다가왔다.

"알바로 나리, 베니스에 계시는 줄은 몰랐습니다. 정말 제때에 잘 와주셨습니다. 하마터면 실수를 저지를 뻔했는데, 그걸 막아주셨어요. 나리께 돈과 두 통의 편지를 보내려던 참이었답니다."

"석 달치 내 생활비를 말인가요?"

"그렇습니다. 게다가 또 한 가지 더 있습지요. 오늘 아침에 도착한 베니스 금화 2백 냥이 여기 있습니다. 어떤 연세

지긋한 신사분이 멘시아 마님의 부탁으로 제게 가져왔더군요. 그 사람에게 영수증을 써주었습니다. 나리로부터 통 소식이 없으니까 마님은 나리가 병들었다고 믿으셨던 모양입니다. 그래서 한 스페인 신사분에게 그 돈을 나리께 전달하도록 심부름을 시키셨던 거지요. 나리께서도 그 사람을 아시는 것 같았습니다만."

"그자가 자기 이름을 말해주던가요?"

"영수증에다 그 이름을 썼습지요. 어디 보자…… 미겔 피미엔토스라고 합니다. 나리 댁에서 마구간 총책임자로 일했던 적이 있다고 했습니다. 나리께서 이곳에 오실 줄 몰라서, 그자의 주소는 묻지 않았습니다."

난 그 돈을 챙겼다. 그리고 편지들을 열어보았다. 어머니는 당신의 건강과 나의 무심함 때문에 눈물짓고 계셨다. 그러나 당신께서 보내신 금화에 대해서는 아무런 언급도 하지 않으셨다. 난 그저 어머니의 자상함에 감격할 따름이었다.

나는 그토록 시기적절하게 두둑해진 지갑을 가지고 즐거운 마음으로 여인숙에 돌아왔다.

비온데타가 피신하고 있는 거처는 방다운 곳이 못 되었다. 그녀의 그런 모습을 보는 것이 내 마음을 아프게 했다. 그녀는 내 방문과 연결된 긴 복도를 통하여 그곳으로 들어가고 있었다. 나는 우연히 그곳을 지나치게 되었다. 그녀는 창문 옆에서 몸을 구부린 채로 클라브생*의 부서진 조각들을 모아서 붙이는 데 여념이 없었다.

"내게 돈이 생겼어요. 당신에게 빌린 돈을 갚겠소" 하고 내가 말했다. 말을 할라치면 언제나 그러하였듯이, 그녀는 먼저 얼굴부터 붉혔다. 그녀는 나의 채무 증서를 찾아 나에게 내밀었다. 그리고 돈을 받고는, 내가 너무 정확하다는 것과 나에게 의무를 지우는 즐거움을 좀 더 길게 누리기를 원했을 터라고만 말했다.

내가 말을 이었다. "하지만 난 당신에게 빚진 것이 아직 남아 있소. 마차와 배 운임을 지불한 것이 당신이었지 않소." 마침 테이블 위에 그 영수증이 있었다. 나는 그것까지 모두 청산하였다. 그리고 겉으로 보기에 꽤 냉정한 태도로 그곳을 나갔다. 그녀는 나의 명령이 무엇인지 물었고, 나는 없다고 대답했다. 그녀는 다시 하던 일을 계속했다. 잠시 그녀의 그런 모습을 관찰했다. 그녀는 매우 집중하고 있는 듯했고, 손놀림은 민첩하고 능숙했다.

나는 방으로 돌아와 공상에 잠겼다. '정말이지, 소베라노의 파이프에 불을 붙이던 그 칼데론이라는 작자의 짝이라

---

* 피아노의 전신으로서, 한 층 혹은 여러 층의 건반을 가지고 있으며, 피아노와는 달리 줄을 뜯어서 소리를 내는 건반 악기이다.

하겠어. 저 아이가 꽤 뛰어나 보이기는 하지만, 특별히 훌륭한 가문에 속하지는 않지. 요구가 많아지거나 성가시게만 하지 않는다면, 그리고 거만 떨지만 않는다면, 내가 저 아이를 시동으로 내 옆에 두지 않을 이유도 없지 않은가? 더구나 자신을 해고시키기 위해서는 오직 나의 의지에 따라 행동하기만 하면 된다고 그 스스로 나에게 확언하지 않았던가? 원한다면 언제든지 할 수 있는 일을 구태여 서둘러 해버리려고 할 이유는 없지 않을까?' 식사가 차려졌다고 알려오는 바람에 나의 깊은 상념은 중단되었다.

식탁에 앉았다. 비온데타는 정복(正服)을 하고 나의 의자 뒤에서 내가 필요로 하는 것을 지체 없이 시중들기 위해 주의를 기울이며 서 있었다. 나는 그녀를 보기 위해 구태여 뒤돌아볼 필요가 없었다. 식당 안에 배치되어 있는 세 개의 거울이 그녀가 하는 동작들을 반복하고 있었기 때문이다. 저녁 식사가 끝나자, 하인들이 식탁을 치운다. 그녀는 물러간다.

여인숙 주인이 올라왔다. 이미 면식이 있던 터라 낯설지는 않았다. 카니발 기간이라고 했다. 그 때문에 나의 도착이 그에게는 전혀 놀랍지 않았던 것이다. 그는 나의 수행원이 늘어난 것에 대해 축하해주었다. 그에 따르면, 그것은 나의 재산 상태가 더 좋아졌다는 것을 암시했다. 그리고 갑자기 나의 시동에 대한 칭찬으로 말꼬리를 돌렸다. 자신이 보아

온 시동들 가운데 가장 잘생긴 데다 지극정성이며 더없이 총명하고 상냥하기 그지없다는 것이었다. 그런 다음, 그는 카니발의 흥겨운 잔치에 가볼 것인지를 내게 물었다. 물론 그럴 생각이었다. 나는 변장을 하고 곤돌라에 올라탔다.

나는 광장을 달렸다. 무대 공연을 보러 갔다. 그리고 리도토*에 갔다. 거기서 도박을 했고 금화 40냥을 땄다. 그것을 탕진할 놀이들이 있을 만한 곳으로 여기저기 쏘다니면서 돈을 뿌리다가 늦은 시각이 되어서야 돌아왔다.

나의 시동은 한 손에 횃불을 들고 계단 아래서 나를 맞았다. 그리고 몸종으로 하여금 나를 보살피게 하고는, 다음날 아침 몇 시 경에 내 방에 대령해야 하는지 명령해주기를 요구하였다. "여느 때와 마찬가지로"라고 나는 대답했다. 내가 무슨 말을 하고 있는지도 모르면서, 아무도 나의 삶의 방식에 대해 모르고 있다는 사실을 생각지도 않으면서. 그들은 물러갔다.

다음날 아침, 나는 늦게 잠에서 깨어났다. 그러고는 벌떡 일어났다. 우연히 탁자 위에 놓여 있는 어머니의 편지에 시선이 갔던 것이다. 나는 외쳤다. "존경하는 여인이시여! 내

---

* Ridotto, 18세기 말에 전 유럽에 걸쳐 명성을 떨쳤던 도박장이다.

가 여기서 무얼 하고 있는지요? 왜 내가 당신의 현명한 충고 아래 보호받으러 가지 않는 거죠? 가겠어요, 아! 가겠어요. 오직 그것만이 나에게 남은 유일한 방책일 것입니다."

내가 큰 소리로 말했기 때문에 모두들 내가 깨어났다는 사실을 알아차렸다. 문이 열렸다. 그리고 나는 다시 나의 이성을 좌초시키는 존재와 마주했다. 너무도 무심하고 겸손하고 순종적인 그의 모습이 나에게는 더욱 위험스럽게 느껴질 뿐이었다. 그는 재단사가 옷감을 가지고 왔다고 알렸다. 거래가 끝나자 함께 사라진 뒤, 그는 식사 시간까지 다시 오지 않았다.

나는 거의 먹지 않았다. 그러고는 다시 도시의 유흥의 소용돌이 속으로 내달렸다. 가면 쓴 카니발 무리를 찾아다녔다. 또한 냉랭한 농담들에 귀 기울였고 나도 그러한 짓거리를 했다. 나의 격정의 허황한 방황은 마지막으로 오페라를 거쳐, 무엇보다 도박, 그때까지만 해도 나를 가장 열광시키던 그것에 이르러서야 끝이 났다. 나는 첫째 판보다 둘째 판에서 훨씬 더 많은 돈을 땄다.

그런 마음과 정신 상태 속에서, 그리고 언제나 거의 비슷한 낭비와 방탕 속에서 열흘이 지나갔다. 예전에 알고 지내던 사람들을 찾았고, 새로운 사람들을 만나기도 했다. 최고로 기품 있는 사람들의 모임에 여기저기 소개되었고 그들의 카지노에서 열리는 귀족들의 도박판에도 받아들여졌다.

모든 일이 잘되고 있었다. 도박에서의 내 운명이 그 사실을 부인하지만 않았다면 말이다. 리도토에서 그동안 모아뒀던 금화 1천 3백 냥을 하루 저녁에 모두 날려버린 것이다. 어느 누구도 도박에서 그보다 더 큰 불운을 맞은 자는 없었다. 새벽 세 시에, 빈털터리가 되어, 게다가 아는 사람들에게 1백 냥을 빚진 상태로 물러났다. 괴로움이 내 시선 속에서, 그리고 내 모습의 구석구석에 이르기까지 역력하게 드러나고 있었다. 비온데타가 마음 아파하는 듯이 보였다. 그러나 그녀는 입을 열지 않았다.

그다음 날 나는 늦게 일어났다. 나는 발을 구르면서 큰 걸음으로 방 안을 서성이고 있었다. 식사가 차려졌다. 아무것도 먹지 않았다. 식사가 물려졌지만, 비온데타는 평소와는 달리 그 자리에 남아 있다. 그녀는 잠시 나를 응시하면서 몇 방울의 눈물을 떨어뜨렸다. "돈을 잃으셨군요, 알바로님. 아마 지불하실 수 있는 것보다도 더 많이……."

"만약 그런 일이 벌어진다면, 난 어디서 해결책을 찾을 수 있을까?"

"지금 나리께서는 저를 모욕하고 계시는군요. 나리를 섬기는 저의 노력은 언제나 같은 대가를 요구할 따름입니다. 그러나 오직 나리께서 당장 이행하지 않으면 안 된다고 생각하시는 채무들 때문에 저와 계약을 맺으신다면, 나리를 섬기는 저의 행위의 파급효과는 그리 멀리 미치지 못할 것입니다. 의자에 좀 앉아야겠어요. 양해해주세요. 감정이 복받쳐서 더 이상 서 있을 수 없을 것 같아요. 그리고 나리께 드려야 할 중요한 말씀이 또 있어요. 나리께서는 정녕 파산하기를 원하세요……? 게임을 할 줄도 모르시면서 왜 그토록 엄청난 도박에 빠지시는 거죠?"

"그것이 우연의 유희라는 것은 모두가 알지 않소? 정녕 누군가가 내게 도박을 가르쳐줄 수 있을 것이란 말이오?"

"그럼요, 신중함은 별개의 일이라손 치더라도, 확률에 행운을 거는 놀이를 배울 수는 있지요. 우연의 유희라는 나리의 표현은 잘못된 것이에요. 이 세상에 우연이란 것은 결코 존재하지 않아요. 세상의 모든 것은 오직 숫자의 과학을 통해서만 이해할 수 있는 필연적인 조합들의 연속이고, 앞으로도 여전히 그럴 것입니다. 그러한 과학의 원칙들은 모두 너무나 추상적이고 너무도 심오해서 스승에 의해 인도되지 않고서는 아무도 그것들을 파악할 수가 없답니다. 그러나 먼저 그런 스승을 자신에게 부여하고 자신을 그와 결합할 줄 알아야 해요. 그 숭고한 지식을 나리께 이미지로만 설명해드리기는 힘들 것 같군요. 숫자들의 연쇄는 우주의 리듬을 만들어요. 그러니까, 흔히 우연적인 사건이라 부르는 것에 규칙성을 부여하는 것이죠. 그래서 우연적인 사건이 사실은 무언가에 의해 결정된 것이라고들 한답니다. 다시 말해 머나먼 영역에서 일어나는 중요한 사건에서부터 오늘 나리를 무일푼으로 만든 그 비참하고 보잘것없는 운명에 이르기까지 각각의 사건이 보이지 않는 시계추의 조절에 의해 차례로 세상에 떨어지는 것이죠."

이처럼 한 아이의 입에서 새어나오는 과학적인 장광설과 내가 스승을 두어야 한다는, 약간은 당혹스러운 그 제안을 들으면서, 나는 어떤 경미한 전율에 사로잡혔다. 말하자면 포르티치의 동굴 속에서 흘렸던 식은땀과 같은 종류의 것이라고나 할까. 나는 비온데타를 정면으로 바라본다. 그녀는 눈길을 아래로 떨군다. "난 스승을 원치 않아. 난 그로부터 너무 많은 것을 배우게 될까 두려워할 거야. 하지만 한 신사가 유희 이상의 뭔가를 알 수 있다는 것과, 신사의 신분을 위기에 빠뜨리지 않으면서 그 지식을 사용할 수 있다는 것을 나에게 증명해봐요." 그녀는 자신의 견해를 주장하였고, 그 논거의 핵심을 요약하면 이렇다.

"은행은 매번 투자의 규모를 키울 때마다 그에 따라 엄청나게 불어나는 이득에 근거하여 교묘하게 세워지죠. 만약 은행이 그런 위험부담을 무릅쓰지 않으면, 틀림없이 베니스 공화국이 나서서 개인들에 대하여 명백한 절도를 행할걸요.

그러나 우리가 할 수 있는 계산은 가정된 것이에요. 그리고 은행은 만 가지 술수를 깨친 사람에 대항해서도 언제나 이기는 도박을 하죠."

확신은 더욱 멀리 뻗어나갔다. 나는 겉으로는 매우 단순해 보이는 한 가지 술책만을 배웠지만 그것의 원칙들을 짐작하지는 못했다. 그러나 바로 그날 저녁부터 나는 잇달아 성공을 거두면서 그것의 확실성을 전적으로 확인하게 되었다.

한마디로, 나는 그 술책에 따라 잃어버린 모든 돈을 다시 벌어들였고, 도박 빚을 완전히 갚았다. 그러고도 숙소로 돌아와, 그 모험을 시도하기 위해 내가 빌린 돈을 비온데타에게 돌려주었다.

이제 내게는 돈이 있었다. 그러나 나의 사정은 어느 때보다 더 당혹스러웠다. 내 허락하에서 나를 섬기고 있던 그 위험한 존재에 대해 나의 의심이 다시 시작된 것이다. 정말이지, 내가 그녀를 멀리할 수 있을지 알 수가 없었다. 어쨌든 내게는 그것을 원할 만한 힘이 없었다. 그녀가 있는 곳에서 나는 그녀를 보지 않으려고 눈을 돌렸고, 그녀가 없는 곳이면 어디서든 그녀의 모습이 내 눈에 아른거렸다.

나를 도박에 점점 더 빠지게 했던 탕진은 더 이상 일어나지 않게 되었다. 파라오는 내가 열렬하게 좋아하던 카드놀

이였는데, 위험부담을 돋우는 도박의 묘미가 사라지면서 그 짜릿한 맛 또한 모두 상실되어 버렸다. 카니발의 우스꽝스러운 짓거리들도 내게는 무미건조해졌다. 마음이 좀 허전해져서 명문가의 여성들 사이에서 어떤 관계라도 맺고 싶어질라치면 귀부인의 공식적인 애인이 차려야 할 관습적인 예의범절과 의무들을 생각하면서 일이 시작되기도 전부터 따분해지고 거부감마저 들었다. 귀족들의 카지노를 찾아가는 방편도 있었지만, 나는 더 이상 그들과 도박하고 싶지 않았다.

물론 고급 사교계 여성들을 찾아갈 수도 있었다. 그런 부류의 여성들 가운데는 매력적인 개성보다는 화려한 치장의 아름다움과 그들 그룹 나름의 쾌활한 분위기로써 좀 더 주목받는 이들도 있었다. 그들의 집에서 나는 어떤 실제적인 자유를 발견하였고, 그것을 향유하는 것이 좋았다. 말하자면 거기에는 내 마음을 사로잡지는 않지만 나를 취하게 만드는 소란스러운 유쾌함이 있었다. 그러나 그것은 결국 이성의 속박에서 나를 잠시 끌어내주는, 이성에 대한 지속적인 눈속임에 불과했다. 나를 받아주던 그런 부류의 여성들의 집에서 나는 언제나 환심을 사는 행동을 하였다. 그렇다고 누구에게 무슨 관심이 있는 것도 아니었다. 그러나 그들 가운데 가장 유명한 여인이 나에 대해 특별한 마음을 품게 되었고, 그것은 머지않아 하나의 사건으로 폭발하고야 말왔다.

사람들은 그녀를 올림피아라고 불렀다. 그녀는 26세였고, 꽤 미인인 데다 재능도 많았으며 재치도 뛰어났다. 얼마 지나지 않아, 그녀는 자신이 내게 연정을 느끼고 있다는 사실을 은근히 비쳤다. 나는 그녀에 대한 아무런 사랑도 없었지만, 말하자면 나 자신을 어떻게든 처치해버리기 위해 불쑥 그녀의 마음속을 헤집고 들어가버렸다.

우리의 관계는 급작스럽게 시작되었다. 나는 그 속에서 별다른 매력을 느끼지는 못했지만 그녀도 결국은 나와 같아질 것이라고 생각했다. 우리의 관계가 아무런 사심 없는 열정으로 맺어졌던 만큼, 그녀가 나의 해이함에 권태를 느끼는 순간에는 곧장 자신을 좀 더 존중해줄 다른 애인을 찾으려 할 것이라고 생각했던 것이다. 그러나 우리의 별자리는 다른 결정을 내렸다. 그녀가 나에 대해 광적인 사랑을 품은 것이다. 아마 그것은 그 거만하고 화 잘 내는 여인을 징벌하고, 다른 종류의 당혹스러운 상황 속으로 나를 빠뜨리기 위한 필연적인 결정임에 틀림없다.

이제 나는 저녁에 나의 숙소로 돌아올 결정권이 없어졌다. 그리고 낮에는 연애 쪽지와 메시지와 감시자들로 짓눌렸다.

그녀는 나의 냉정함을 불평하였다. 아직 구체적인 대상을 찾지 못한 질투심이 나의 시선을 끌 수 있는 모든 여성들을 향하여 표출되었다. 그리고 나의 성격을 변화시키는 것이 가능했더라면, 그녀는 심지어 그 여성들에게 무례한 행동까지 할 것을 내게 요구했을 것이다. 그러나 나는 거기서 살아야만 했다. 무언가를 사랑하기 위해, 그리고 나 스스로 알고 있는 그 위험한 사랑으로부터 나의 관심을 다른 곳으로 돌리기 위해, 나는 올림피아를 사랑하려고 진지하게 애썼다. 그러한 가운데 좀 더 격렬한 장면이 준비되고 있었다.

여인숙에 남아 있을 때면, 나는 그 여인의 명령에 따라 은밀하게 관찰되고 있었다. 어느 날 그녀가 내게 말했다. "당신은 언제부터 그 멋진 시동을 데리고 있는 거죠? 당신의 관심을 꽤 사로잡는 것 같던데. 그 애에게 굉장한 존경을 표하더군요. 그 애가 당신의 거처에서 시중들 일이 있을 때면, 당신은 그 애에게서 눈길을 떼지도 않고. 묻겠어요. 왜 그 아이에게 그런 엄격한 은신의 의무를 지키도록 하는 거죠? 베니스에서는 그런 일이 절대 일어나지 않잖아요."

"내 시동은 훌륭한 가문의 젊은이요. 그 아이를 교육시키는 것이 내 의무요. 그래서……."

"그 아이는 여자야. 내 심복이 그 아이가 몸단장하는 것을 열쇠 구멍으로 다 보았다고……." 분노로 타오르는 눈으로 그녀가 말했다.

"내 명예를 걸고 말하건대, 그 아이는 여자가 아니오······."

"배신에 거짓말까지 보태지는 말아요. 그 여자애가 우는 것을 봤다고 하더군요. 행복하지 않기 때문이겠죠. 당신은 당신에게 마음을 바치는 사람이 어떤 고통을 당하고 있는지 몰라. 당신은 지금 내게 하고 있는 것과 똑같이 그 아이에게 착각을 불러일으켰어. 그러고는 그 아이를 저버리고 있어. 그 계집애를 부모 곁으로 돌려보내요. 만약 당신이 낭비벽 때문에 그 아이에게 정당한 보상을 할 수 없는 상태에 있다면, 내가 대신해줄게요. 당신은 그 아이에게 더 나은 장래를 보장해줄 의무가 있어요. 내가 그 일을 할 거야. 난 그 애가 내일 당장 사라지기를 원한다고요."

"올림피아, 당신에게 맹세했소." 나는 내가 취할 수 있는 가장 냉정한 태도로 대답했다. "그리고 당신에게 그걸 반복하고 다시 맹세하겠소. 그 아이는 여자가 아니오. 제발······."

"그 거짓말들이 도대체 뭘 의미하지? 그리고 그 제발이라는 말은 또 뭐야? 당신은 아주 끔찍한 사람이야. 그 애를 당장 돌려보내. 단언하는데, 그러지 않으면······. 어쨌든 난 다른 방책들이 있어. 내가 당신의 가면을 벗겨버릴 테야. 그러면 비록 당신은 그럴 가능성이 없더라도, 그 애만은 이성의 목소리를 들을 거야."

나는 봇물처럼 터진 그 모욕과 위협 때문에 몹시 화가 났지만, 전혀 동요되지 않은 척하며 늦은 시각임에도 불구하고 숙소로 돌아왔다.

나의 귀가는 하인들을, 그리고 특히 비온데타를 놀라게 한 것 같았다. 그녀는 나의 건강에 대해 걱정하는 마음을 약간 내비쳤다. 나는 아무런 문제가 없다고 대답했다. 나는 올림피아와 관계를 맺은 이후로는 그녀와 거의 말하지 않았다. 그리고 나에 대한 그녀의 행동에도 아무런 변화가 없었다. 그러나 나는 그녀의 표정 속에서, 그녀의 얼굴의 전반적인 분위기 속에서 낙담과 멜랑콜리를 희미하게나마 감지할 수 있었다.

그다음 날 내가 잠에서 깨어나자마자, 비온데타는 펼쳐진 편지 한 장을 들고 나의 침실로 들어와서는 나에게 내밀었다. 나는 그것을 읽었다.

비온데토라고 불리는 분에게

부인, 난 당신이 누구인지, 당신이 알바로님 댁에서 무슨 일을 하는지 아무것도 모릅니다. 하지만 당신을 용서하지 않기에는 당신이 너무 젊어요. 그리고 너무도 사악한 사람의 수중에 있는 당신의 처지에 연민의 정을 느끼지 않을 수 없군요. 그 기사는 당신에게 하는 맹세를 아무에게나 하고 다닙니다. 그리고 앞으로도 계속 그렇게 하겠죠. 매일 나에게 하는 것처럼 말이에요. 하지만 그러한 맹세는 우리를 배반하도록 예정되어 있는 것일 뿐이랍니다. 사람들은 당신을 아름다운 만큼 지혜로운 인물이라고 하더군요. 그러니 나는 당신이 좋은 충고를 받아들일 수 있으리라 믿습니다. 부인, 당신은 스스로에게 저지른 잘못을 고칠 수 있는 나이입니다. 인정 많은 한 영혼이 당신에게 그 방법을 일러주고자 합니다. 당신의 휴식을 보장하기 위하여 해야 할 필연적인 희생에 대해서는 전혀 흥정의 여지가 없을 것입니다. 그것은 당신의 상황, 당신이 포기해버린 계획, 당신이 장래를 위해 가질 수 있는 전망들에 비례해야 할 것입니다. 그런 만큼 당신 스스로 모든 것을 결정하게 될 것입니다. 그러나 만약 당신이 계속 기만당하고 불행하기를 원한다면, 그리고 다른 여인들을 계속 당신처럼 만들기를 원한다면, 당신과 경쟁하는, 절망에 빠진 한 여인이 당신에게 상상할 수 있는 모든 난폭한 일을 저지를지도 모른다는 것을 예상하십시오. 당신의 답장을 기다립니다.

나는 편지를 읽은 다음, 비온데타에게 돌려주면서 말했다.

"그 여자에게 그녀 자신이 미쳤을 뿐이라고 대답해요. 그리고 그녀가 얼마나 미쳤는지는 당신도 나만큼 잘 알고 있을 거요……."

"그녀가 어떤 사람인지는 알바로님이 잘 알고 계셔요. 그녀에 대해 아무것도 두렵지 않으신가요……?"

"난 그녀가 나를 계속 더 괴롭히지나 않을까 그것이 두려울 따름이오. 그래서 그녀를 떠나려 하오. 브렌타 강 유역에 괜찮은 집이 한 채 있는데 임대하는 것이 어떻겠느냐는 제안을 일전에 받은 적이 있소. 그녀에게서 좀 더 확실하게 벗어나기 위해, 오늘 아침에는 그 집을 계약하러 갈 생각이오." 길을 떠나면서, 나는 올림피아가 한 위협들에 대해 곰곰이 생각했다. 불쌍한 여인, 이성을 잃었어! 죽으려 하고 있어. 왠지 모르지만, 나는 그 문장을 결코 완성할 수 없었다.

나는 계약을 마치는 즉시, 숙소로 돌아왔다. 그리고 저녁을 먹었다. 혹시 나도 모르는 사이에 습관적으로 그 사교계 여인의 집으로 발길을 옮기지는 않을까 두려워서, 낮에 외출하는 것을 삼가기로 결심했다.

책을 한 권 든다. 그러나 독서에 집중하는 것이 불가능하다. 다시 책을 놓는다. 창가로 간다. 군중과 다양한 사물들은 나의 무료함을 달래주는 대신 오히려 나에게 충격을 줄 뿐이다. 나는 숙소 전체를 성큼성큼 돌아다닌다. 육체를 지속적으로 움직이면서 정신의 고요함을 찾으려는 것이다.

이 막연한 산책 속에서 나의 발걸음은 어두컴컴한 창고 쪽으로 향한다. 거기에는 나의 하인들이 시중에 필요한 물건들 가운데, 소지하고 다니지 않아도 되는 것들을 보관하고 있었다. 난 그곳에 한 번도 들어가본 적이 없었다. 그 장소의 어둠이 내 마음에 들었다. 나는 어떤 상자 위에 앉아서 몇 분간을 보냈다.

그렇게 짧은 시간이 흘렀을 때, 옆방에서 무슨 소리가 들려왔다. 내 눈에 비치는 작은 빛줄기가 어떤 폐쇄된 문을 향하도록 나를 이끌었다. 그 빛은 열쇠 구멍을 통하여 새어 들어오고 있었다. 나는 거기에 눈을 댔다.

팔짱을 낀 채 깊이 몽상하는 자세로, 클라브생 앞에 앉아 있는 비온데타가 보인다. 그녀가 침묵을 깼다.

"비온데타! 비온데타! 그는 나를 비온데타라고 부르지. 그것은 그의 입에서 흘러나오는 첫마디이자 내 마음을 어루만지는 유일한 말이야."

그리고 침묵한다. 다시 몽상 속으로 빠져든 모양이다. 마침내 그녀는 클라브생 위로 손을 올린다. 언젠가 그 건반악기를 수선하던 비온데타의 모습을 본 적이 있었지. 악보대에는 책이 덮인 채로 있다. 그녀는 전주를 넣은 다음 자신의 반주에 맞추어 낮은 목소리로 노래 부른다.

나는 그녀가 부르는 곡이 완성된 작품이 아니라는 사실을 즉시 분간해낼 수 있었다. 귀를 좀 더 기울이자, 나의 이름과 올림피아의 이름을 들을 수 있었다. 그녀 스스로 가정한 자신의 상황과 자신의 경쟁자의 상황에 대해 산문으로 즉흥

곡을 부르고 있었는데, 올림피아가 자신보다 더 행복한 상황에 있다는 내용이었다. 마지막으로, 내가 그녀를 대하는 엄격한 태도에 대해서 노래하며 어떤 불신 때문에 내가 의심을 품고 행복으로부터 멀어지고 있다고 탄식하였다. 내가 그러지만 않았더라면 그녀는 위대함과 부유함과 수많은 지식의 길로 나를 인도했을 것이고, 나는 그녀의 찬사를 받았을 것이라고도 하였다. "애달파라! 이제 그것은 불가능하구나. 님이 나의 진정한 모습을 알게 되더라도, 나의 미약한 매력들은 님을 더 이상 붙들 수 없을 것이로다. 다른 한 여인이……."

열정이 그녀를 격앙시켰고, 눈물이 그녀를 숨 가쁘게 하는 것 같았다. 그녀는 일어나 손수건을 가지러 간다. 눈물을 닦고는 다시 클라브생으로 돌아간다. 낮은 의자 때문에 앞으로 기울어지던 자세가 거북했던지, 앉으려다 말고 악보대에 놓여 있는 책을 의자에 내려놓는다. 그리고 그 위에 앉아 전주곡을 연주하기 시작한다.

나는 두 번째 음악 장면이 첫 번째의 것과는 다른 종류라는 것을 금방 이해했다. 당시에 베니스에서 아주 유행하던 뱃노래의 곡조라는 것을 알아차렸기 때문이다. 그녀는 그것을 두 번 반복했다. 그런 다음, 좀 더 선명하고 확신에 찬 목소리로 다음의 가사를 읊었다.

애달파라! 이 얼마나 허망한 꿈인가!

나는 하늘과 공기의 딸,

알바로와 대지를 위하여,

우주를 포기하노라.

한 조각 빛도 위력도 없이, 나는

사슬 묶인 노예로까지 스스로 전락하거늘,

그러나 나는 무엇을 보상 받는가?

님은 나를 모욕하고, 나는 섬기기만 하는 것을.

준마(駿馬)여, 그대를 이끄는 손이

열렬히 그대를 애무해요.

그대는 나의 포로, 나는 그대를 구속하지요.

그러나 나는 그대를 상처 입힐까 두려워요.

내가 그대에게 명령하는 노력들로,

영광은 그대 위로 다시 솟아오르고,

그대를 진정시키는 재갈은 결코

그대의 품위를 추락시키지 않으리다.

알바로, 다른 여인이 당신과 약혼하고,

당신의 가슴에서 나를 멀어지게 해요.

내게 말해줘요. 어떤 특권으로

그녀가 당신의 냉정함을 꺾었나요?

나는 그녀가 진실하다고 믿어요.

그녀의 서약에 당신을 맡기겠어요.

그녀는 당신의 마음을 사로잡지만 난 그렇지 못해요,

당신은 나에 대한 의혹을 품기 때문이죠.

잔인한 불신이

은혜로운 행위에 독을 뿌리는구나.

내가 있는 곳에서 님은 나를 두려워하고,

내가 없는 곳에서 님은 나를 증오하네.

나의 고통들, 그것들은 나의 상상일 뿐, 님은

나의 신음을 이유 없는 탄식이라 하네.

내가 말하면, 그것을 명령이라 하고,

내가 침묵하면, 그것은 곧 배반이라 하네.

사랑, 너는 위선을 떨었다 오해 받고,

나는 위선자로 취급 받는다.

아! 우리가 당한 모욕을 복수하기 위해

그것이 실수임을 밝혀라.

은혜를 모르는 자에게 나를 알도록 하라.

그 열정이 누구의 것이든,

그는 그것에 흔들리는 나약함을 증오하지.
하지만 난 그 대상조차 아니라네.

나와 경쟁하는 여인은 의기양양하고,
내 운명에 대해 명령하니,
추방이나 죽음을 기다리는
내 모습, 눈에 선하구나.
질투심 어린 가슴의 동요여,
너의 사슬을 끊지 마라.
너는 증오를 일깨울 것이니라…….
나는 자제하니, 너는 침묵하라.

목소리의 공명, 노래, 시구들의 의미와 표현이 형용할 길 없는 혼란 속으로 나를 빠뜨렸다. "환상적 존재, 위험한 사기꾼!" 너무도 오랫동안 머물러 있었던 그 장소에서 황급히 뛰쳐나오면서 나는 소리쳤다. "진실과 자연의 특징들을 저보다 더 잘 베낄 수 있을까? 내가 이 열쇠 구멍을 오늘에야 알게 된 것만도 얼마나 다행인가! 내가 얼마나 자주 여기 와서 도취되었을 것이며 얼마나 나 자신을 기만하려고 스스로를 도왔겠는가! 여기서 나가자. 내일 당장 브렌타 강 유역으로 떠나자. 오늘 저녁에 당장 떠나자."

나는 즉시 하인 한 명을 부른다. 그리고 새 집에서 밤을 보내기 위해 필요한 것들을 곤돌라 한 대에 서둘러 싣도록 명령한다.

숙소에서 밤을 기다리는 것은 내게 너무도 혹독한 일이었을 것이다. 나는 발길 닿는 대로 걸었다. 길 한 모퉁이에서, 전에 포르티치를 산책할 때 소베라노를 따라 함께 왔던 베르나딜리오가 어떤 카페로 들어가는 것을 본 듯했다.

"또 다른 유령이군! 그것들이 아예 나를 뒤쫓아다니는구면." 이렇게 말하면서 나는 곤돌라에 올라탔다. 그러고는 베니스의 모든 수로를 이리저리 쏘다녔다. 숙소로 돌아왔을 때는 밤 열한 시가 다 되었다. 브렌타로 떠나고 싶었다. 그러나 지친 뱃사공들은 노젓기를 거부하였다. 나는 다른 사공들을 불러야만 했다. 그들이 도착했다. 하인들은 나의 계획을 알고 있었기 때문에 자신의 옷가지들을 짊어지고 나보다 앞서 곤돌라에 오른다. 비온데타가 나를 따른다.

배 안으로 두 발을 막 내디뎠을 때, 나는 비명 소리 때문에 뒤돌아보지 않을 수 없었다. 가면 쓴 검객이 비온데타에게 칼을 꽂고 있었다. "네가 나를 이기는구나! 가증스러운 년, 죽어버려, 죽어버려!"

범행이 너무도 순식간에 이루어져서 부두에 남아 있던 뱃사공조차도 그것을 막을 수 없었다. 뱃사공은 눈가로 횃불을 갖다대면서 자객을 공격하려 하였다. 그러나 다른 가면이 달려와서 위협적인 행동으로 뱃사공을 뒤로 물러나게 했다. 나는 쩌렁쩌렁한 가면의 목소리에서 베르나딜리오의 것을 듣는 듯했다. 허둥지둥 곤돌라 밖으로 뛰어내렸다. 검객들이 사라졌다. 나는 횃불의 도움으로 창백한 비온데타를 보았다. 그녀는 피범벅이 된 채 죽어가고 있었다.

그때의 내 상태를 어떻게 묘사할 수 있을지 모르겠다. 나는 다른 어떤 생각도 할 수가 없었다. 나의 우스꽝스러운 선입견에 희생된, 나의 경박하고 무분별한 자신감 때문에 희생된 한 사랑스러운 여인 외에는 아무것도 내 눈에 보이지 않았다. 그녀는 그 순간까지, 나로 인해 가장 잔인한 모욕들에 짓눌려왔었다.

나는 허겁지겁 그녀를 끌어안는다. 그리고 도움과 복수를 동시에 호소한다. 한 외과의사가 이 사건이 연출한 격렬한 소동에 이끌려 나타난다. 나는 다친 그녀를 다시 여인숙으로 옮기게 한다. 그리고 행여 그녀를 정성껏 잘 운반하지 못할까 염려한 나머지, 나 자신이 그녀의 육체의 반을 맡아 들어올린다.

그녀의 옷을 벗기자, 피 흘리는 그 아름다운 육체에 엄청나게 큰 상처가 두 군데 드러난다. 그 상처들로 인해 생명의 원천이 틀림없이 공격당한 것만 같았다. 나는 끊임없이 헛소리를 중얼거리면서 터무니없는 행동들을 수도 없이 저질렀다.

의식이 없었으리라 추측되는 만큼, 비온데타가 그것을 들었을 리는 없다. 그러나 여인숙 주인과 그의 하인들, 외과의사, 그리고 호출된 다른 두 의사는 환자를 위해서는 내가 그녀 옆에 남아 있는 것이 위험하다고 판단했다. 그들은 나를 방 밖으로 끌어냈다.

사람들이 내 옆에 하인들을 두었다. 그러나 그들 중에 한명이 생각 없이 의사들이 그녀의 상처가 치명적이라고 진단했다는 사실을 내게 말했고, 나는 날카로운 비명을 질러댔다.

결국 나는 나 자신의 흥분에 지쳐, 기진맥진한 상태가 되었다. 그러고는 곧 깊은 잠 속으로 빠졌다.

꿈을 꾸었다. 어머니를 본다고 생각했다. 나는 그녀에게 나의 모험에 대하여 이야기했다. 그리고 내 이야기를 좀 더 실감하게 하기 위해 그녀를 포르티치 폐허로 데려갔다.

"그쪽으로는 가지 마라, 내 아들아. 네가 위험에 처해 있는 것이 분명하다." 우리는 협소한 통로를 지나가고 있었고, 나는 자신 있게 그 길로 들어섰다. 그런데 갑자기 어떤 손이 절벽으로 나를 떠밀었다. 난 그것이 누구의 손인지 알아보았다. 비온데타의 손이었다. 내가 떨어지려는 찰나에 어떤 다른 손이 나를 잡아당겼다. 그러고는 어머니의 품속에 내가 있었다. 나는 잠에서 깨어난다, 여전히 무서움에 헐떡이면서. 나는 외쳤다. 자애로운 어머니! 당신께서는 저를 버리지 않으시는군요, 꿈속에서조차도.

비온데타! 진정 당신은 나를 잃어버리기를 원하오? 그러나 그 꿈은 나의 상상력이 혼탁해졌기 때문일 거야. 아! 고마운 마음과 인간적인 정리(情理)를 저버리게 할 그런 생각일랑 모두 쫓아버리자.

나는 하인을 불러서 그녀의 소식을 알아오게 한다. 두 외과의사가 환자 옆에서 밤을 새우고 있다고 한다. 열이 오를까 걱정스러워서 피를 많이 뽑았다고 한다.

그다음 날, 붕대를 제거한 다음, 의사들은 그녀의 상태가 아직까지 위험하다면, 그것은 오직 상처의 깊이 때문이라고 진단을 내렸다. 그러나 열이 돌연 기승을 부린다. 환자를 다시 피 흘리게 함으로써 지치게 만들어야 한다.

그녀가 있는 방으로 들어가려고 얼마나 고집을 부렸던지, 그들은 그것을 거절할 수 없었다.

비온데타는 열에 들떠 나의 이름을 끊임없이 부르고 있었다. 그녀를 바라보았다. 내게 그녀가 그 순간보다 더 아름다워 보였던 적은 없었다. 나는 생각했다. 정녕 이것이 나의 감각들에 강렬한 인상을 심어주기 위해 독특하게 결집된 찬

란한 수증기 더미란 말인가? 이것이 내가 채색된 환영으로 취급하던 바로 그것이란 말인가?

내가 그렇듯이, 그녀도 생명을 가지고 있었다. 그리고 그녀는 지금 그것을 잃어가고 있었다. 내가 그녀 말을 절대 들으려 하지 않았기 때문에, 내가 의도적으로 그녀를 위험에 노출시켰기 때문에……. 난 야수다. 난 괴물이다.

가장 사랑받아야 할 대상, 내가 그 선의를 너무도 비열한 태도로 받아들인 탓이다. 내 사랑, 만약 당신이 죽으면 난 홀로 살아남기를 원하지 않을 거요. 그대의 무덤 앞에 그 야만적인 올림피아를 제물로 바친 다음 나도 죽어버릴 거야!

당신이 내게 되돌려진다면, 난 당신의 것이 되겠어. 당신의 호의에 감사하고 당신의 덕성과 인내심에 왕관을 씌울 거야. 그리고 풀 수 없는 매듭으로 나를 묶고, 내 감정과 의지의 무조건적인 희생을 통하여 당신을 행복하게 할 의무를 다할 거야.

열에 들끓는 육체에 부담을 덜어주려고 사용한 극한 처방 때문에 죽음에 굴복할 것만 같은 그녀를 소생시키기 위해 의사들이 얼마나 절박한 노력을 기울였는지, 또 그녀는 생명의 끈을 놓지 않기 위해 얼마나 끈질기게 저항했는지, 여기서 일일이 묘사하지는 않을 것이다.

희망과 불안 사이를 끊임없이 오가면서 스무하루가 지났

다. 마침내 열이 해소되었다. 그리고 환자가 의식을 되찾는 것 같았다.

　나는 그녀를 내 사랑 비온데타라고 불렀다. 그녀는 나의 손을 꼭 잡았다. 그 순간부터 그녀는 주위에 있는 모든 것을 알아보았다. 나는 그녀의 침대 머리맡에 있었다. 그녀의 눈길은 나를 향하여 선회하였다. 내 눈은 눈물로 넘쳐흘렀다. 나를 바라보면서 미소짓는 그녀의 그 표정, 그 우아하고 아름다운 표정은 도저히 그림으로 묘사할 수 없는 것이었다. "내 사랑 비온데타!" 그녀가 반복했다. "내가 알바로의 사랑, 비온데타라니!"

　그녀는 나에게 그것에 대해 더 말하고 싶어 했다. 그러나 의사들의 강요로 나는 다시 한번 그녀에게서 떨어져 있어야만 했다.

　나는 그녀의 방에 머물러 있기로 결정했다. 그녀가 나를 볼 수 없을 그 장소 말이다. 마침내 나는 그녀에게 다가갈 수 있다는 허락을 받았다.

　"비온데타, 당신을 살해하려던 자들을 추적하게 할 거요."

　"그들을 관대하게 대해요. 나에게 행복을 가져다주었잖아요. 만약 내가 죽으면, 그것 또한 당신을 위한 것일 거예요. 그리고 내가 살아난다면, 그것은 당신을 사랑하기 위한 것일 테고요."

난 브렌타 강 유역으로 비온데타를 옮겨가도 된다고 의사들이 보장해준 순간까지 우리 사이에 일어났던 애정 표현의 장면들을 생략하려 하는데, 거기에는 나름대로 이유가 있다. 우리는 그곳에 정착하였고, 그곳의 공기는 그녀가 힘을 되찾는 데 더욱 적합한 것이었다. 그녀의 상처에 붕대를 감아야 하는 필연적인 상황 때문에 그녀의 성이 진실로 드러난 첫 순간부터 나는 그녀에게 시중들 여자 하인 두 명을 따로 고용하였으며, 그녀의 생활을 편리하게 해줄 모든 것을 그녀 주위에 모았다. 그리고 오직 그녀의 불편을 덜어주고 그녀를 즐겁게 하며 그녀의 마음에 드는 일에만 열중하였다.

그녀의 건강은 눈에 띄게 회복되었고 그녀의 아름다움은 날로 새로이 화사한 빛을 띠는 것 같았다. 마침내 그녀의 건강을 해치지 않으면서 꽤 긴 대화 속으로 그녀를 끌어들일 수 있다고 믿게 되자, 나는 이렇게 말했다. "오! 비온데타, 난 사랑으로 충만해 있고 당신이 전혀 환상적 존재가 아니라는 사실을 믿게 되었어요. 지금까지 당신에 대한 나의 반항적인 소행들에도 불구하고 당신이 나를 사랑한다는 것을 내가 확신하게 되었소. 하지만 당신은 나의 걱정이 근거 있는 것이었는지 그 진위를 알고 있어요. 포르티치 동굴 속에서 나의 시선을 괴롭혔던 그 기이한 환영의 신비를 내게 상세하게 설명해줘요. 당신이 도착하기 전에 나타났던 그 끔찍한 괴물과 그 작은 강아지는 어디서 왔으며 어떻게 되었죠? 어떻게, 왜 당신은 나를 사랑하기 위해 그 존재들을 대신하게 되었소? 그들은 누구였던가요? 당신은 누구인가요? 전적으로 당신의 것이 되어 평생 당신에게 헌신하고자 하는 한 남자의 가슴을 마지막으로 한 번 더 안심시켜줘요."

"알바로, 강신술사들은 당신의 대담성에 놀란 나머지 당신에게 굴욕감을 주고 공포를 불러일으키는 장난을 침으로써 당신을 그들의 의도에 복종하는 비천한 노예 상태로 몰아넣기를 원했어요. 모든 혼령들 가운데 가장 위력적이고 두려운 것을 부르도록 사전에 모든 것을 준비해두었지요. 그들은 자신들에게 복종하는 혼령들의 도움을 받아 무시무시한 어떤 광경을 당신 앞에 펼쳤어요. 만약 당신 영혼의 기세가 그들의 책략을 전복시키지 못했더라면, 당신은 그들의 의도대로 공포에 질려 죽었을지도 몰라요.

공기의 요정들과 불의 요정들, 땅의 요정들, 물의 요정들이 당신의 영웅적인 침착함과 용기에 반해서, 당신이 승리를 거둘 수 있도록 모든 특혜를 당신에게 부여하기로 결정하였죠.

난 원래 요정이었어요. 그중에서도 가장 중요한 요정에 속하였지요. 그때 등장한 작은 강아지는 바로 나였어요. 난 당신의 명령들을 받들었고, 우리는 그것들을 수행하고픈 마음에 모두 열성을 다하여 일했어요. 당신이 우리의 행동을 지휘하는 데 품위와 결단력과 우아함과 지혜로움을 더할수록, 당신을 향한 우리의 찬탄과 열의는 더욱 배가되었지요.

당신은 나에게 시동으로서 시중들고 가수로서 당신을 즐겁게 하라고 명령하셨어요. 나는 기쁜 마음으로 복종하였고 그 속에서 정말 커다란 매력을 맛보았지요. 그래서 당신에게 헌신적으로 복종하기로 결심하였답니다.

나는 마음속으로 말했어요. 내 신분과 내 행복의 운명을 결정하자. 비법을 행하는 자들의 강신술의 노예가 되고 그들의 일시적인 변덕의 노예가 되어버린 처지에, 불확실성을 띨 수밖에 없는 모호한 상황에 내몰린 채 강렬한 감동도 희열도 없이 오직 나의 지식과 능력에만 의지해야 하는 처지에, 나의 본질을 고귀하게 해줄 수단들을 선택하는 데 뭘 더 주저할 것인가?

한 현명한 남자와 결합하기 위하여 하나의 육체를 갖는 것이 내게 허락되었다. 그가 바로 저기 있다. 내가 단순히 한 여성의 상태로 변한다면, 내가 이 의도적인 변신으로 인하여 요정 본연의 권리와 내 친구들의 도움을 상실한다 하더라도, 난 사랑하고 사랑받는 행복을 누리게 될 거야. 나를 정복한 자에게 봉사할 테다. 그리고 그의 존재의 숭고함을 그에게 깨우쳐주고, 자신이 얼마나 커다란 능력을 지니고 있는지 알게 해줄 테다. 그러면 비록 내가 우주의 모든 영역의 혼령들을 떠나게 된다 할지라도, 그는 내가 속해 있는 이 제국의 모든 요소들과 함께 우리를 종속시키게 될 것이다. 그는 세계의 왕이 되도록 만들어졌다. 그리고 난 왕비가 될 것이다. 그가 열렬하게 사랑하는 왕비 말이다.

육체와 전적으로 분리된 한 요정의 존재 속에서, 이러한 깊은 생각들은 당신이 상상할 수 있는 것보다 훨씬 더 신속하게 이루어졌어요. 나는 바로 그때 결심했지요. 지금 난 나의 형체를 보존하면서도 하나의 여성의 육체를 가지고 있어요. 이제 난 오직 죽음으로써만 이 육체를 떠날 수 있게 되었어요.

내가 하나의 육체를 가지게 되었을 때, 알바로, 난 또한 가슴을 지니고 있다는 사실을 깨닫게 되었어요. 당신을 찬양하고 있었거든요. 그런데 내가 당신에게서 오직 거부감과 증오만을 보았을 때 난 얼마나 비참해졌는지요! 나는 예전 상태로 되돌아갈 수도 참회할 수도 없었답니다. 당신과 같은 인간들이 예속되어 있는 모든 불운들에 굴복하고, 혼령들의 노여움을, 강신술사들의 냉혹한 증오를 한몸에 받으면서 당신의 보호도 받지 못한 채, 나는 하늘 아래 가장 불행한 존재가 되어가고 있었어요. 뭐라 할까요? 난 당신의 사랑 없이는 또다시 불행할 거예요."

얼굴과 행동과 목소리에 스며 있는 한없는 아름다움이 그 흥미로운 이야기의 매력을 더욱 증대시켰다. 나는 내가 듣고 있던 이야기에 대해 아무것도 상상하지 않았다. 그러나 나의 모험 속에서 상상할 수 있는 것이 뭐라도 있기나 하였던가?

난 이렇게 생각하곤 했다. 이 모든 것이 내게는 꿈만 같다. 하지만 인간의 삶이 과연 이것과 다른 것일까? 난 다른 사람보다 좀 더 특별하게 꿈꾸고 있을 뿐이다…….

난 그녀가 모든 의술의 도움을 기다리며, 쇠진과 고통의 모든 경계를 넘어서 거의 죽음의 문턱에까지 이르는 것을 보았다.

남자가 약간의 진흙과 물의 조합이라 한다면, 한 여인이 이슬과 지상의 연무(煙霧)와 햇살과 무지개의 여운이 응축되어 이루어지지 말라는 법도 없지 않은가? 가능은 어디에 있으며, 불가능은 또 어디에 있는가……?

그와 같은 깊은 숙고는 결과적으로 나로 하여금 내가 이성의 목소리에 귀 기울인다고 믿게 하면서, 실은 더욱 열정에 자신을 내맡기게 하였다. 나는 섬세한 주의와 순진무구한 애무로 비온데타를 만족시켰다. 그녀는 나를 황홀하게하는 진솔함과, 깊은 생각이나 두려움의 효과가 아닌 자연스러운 수줍음으로 그것에 순응하였다.

감미로운 순간들에 도취된 채 한 달이 흘러갔다. 비온데 타는 건강을 완전히 회복하여 내가 산책하는 곳이면 어디든 지 나를 따를 수 있게 되었다. 나는 그녀를 위하여 길고 폭이 넓은 치마로 된 가벼운 평상복을 만들게 하였다. 그 옷을 입고 깃털이 그늘을 드리우는 커다란 모자를 쓴 그녀는 모든 사람들의 시선을 끌었다. 우리는 화창한 날이면 브렌타 강의 매력적인 강변을 산책하였고, 그곳을 가득 메운 남성들 모두에게 나의 행복은 언제나 선망의 대상이 되었다. 흔히 시기심 많기로 비난 받는 여성들조차도 그녀에 대해서만큼은 질투를 포기한 것처럼 보였다. 아니면 그녀들 스스로 도저히 부정할 수 없는 어떤 우월성에 압도당했거나, 자신의 모든 우월성을 잊어버린 듯한 그녀의 태도에 마음이 누그러졌을 것이다.

그토록 매혹적인 한 대상에게서 사랑받는 연인으로 세상 사람들에게 알려지자, 나는 나의 사랑과 필적할 만큼 커다란 자만심을 가지게 되었다. 그리고 그녀의 근본의 화려함에 대해 우쭐해질 때, 그러한 마음은 더욱더 고양되었다.

그녀가 극도로 희귀한 지식들을 가지고 있지 않을지도 모른다고 의심을 품는 것은 내게 있을 수 없는 일이었다. 그리고 나는 그러한 지식들로 나를 더욱 멋지게 만드는 것이 당연히 그녀의 목적일 것이라고 믿었다. 그러나 그녀는 오직 평범한 사실들만을 얘기했다. 마치 그녀가 자신의 시야에서 다른 목표를 상실해버린 듯이 말이다. 어느 날 저녁, 우리가 정원의 테라스를 산책하고 있을 때였다. 내가 말했다. "비온데타, 나를 너무도 우쭐하게 하는 그 열정 때문에 당신 자신의 운명을 내 운명과 결합하겠다고 결심했을 때, 당신은 평범한 인간들에게는 절대 주어지지 않는 지식들을 나에게 부여함으로써 나를 마땅히 당신의 환심을 살 만한 사람으로 만들기로 약속하였소. 그런데 이젠 당신에게, 내가 당신의 보살핌을 받을 만한 자격이 없는 사람으로 보이나요? 당신의 온화하고 섬세한 사랑이 그 대상을 고귀하게 만들기를 욕망할 수는 없는 일이오?"

"오 알바로! 내가 여자가 된 지 이제 겨우 여섯 달이 되었어요. 그리고 나의 열정은 아직 하루도 채 지나지 않은 것만 같아요. 마음의 동요들 가운데 가장 달콤한 것이 지금까지 어떤 것도 경험해보지 못한 한 가슴을 도취시켜 버렸다면 용서하세요. 난 나처럼 사랑하려면 어떻게 해야 하는지를 당신에게 보여주고 싶어요. 아마 오직 이 감정 하나만으로도 당신은 다른 어떤 남성들보다 우월할 거예요. 그러나 인간의 오만은 다른 즐거움들을 열망해요. 인간은 그 천성적인 불안 때문에, 미래에 대한 전망 속에서 좀 더 커다란 행복을 예상하지 못하면 한순간도 행복을 포착하지 못해요.

그래요, 난 당신을 깨쳐드릴 거예요, 알바로. 그동안 난 즐거이 나의 관심사를 잊어버리고 있었어요. 나의 사랑이 그러기를 원해요. 그것은 내가 당신의 위대함 속에서 나의 위대함을 다시 발견해야 하기 때문이에요. 그러니까 당신이 나의 것이 되겠노라고 내게 약속하는 것만으로는 충분하지 않아요. 당신은 아무런 유보 없이 영원히 나에게 당신을 바쳐야 해요."

우리는 정원 깊숙이 위치한 인동덩굴 아래, 잔디로 뒤덮인 한 벤치에 앉아 있었다. 나는 그녀에게 몸을 던져 무릎을 꿇었다.

"사랑하는 비온데타, 어떤 시련이 닥쳐도 당신에게 충직할 것을 맹세하겠소."

"아뇨, 당신은 날 몰라요. 그리고 당신 자신에 대해서도 모르고 있어요. 나에게는 절대적인 포기가 필요해요. 오직 그것만이 나를 안심시키고, 나를 만족시킬 수 있어요."

나는 열정적으로 그녀의 손에 키스를 퍼부었다. 그리고 맹세를 여러 번 반복했고, 그녀는 자신을 두렵게 만드는 것들을 내세우며 나를 반박했다. 대화의 열기 속에서 우리의 얼굴이 기울어지고, 우리의 입술이 서로 합쳐진다……. 그 순간, 나는 내 옷의 뒷자락이 잡히는 것을 느낀다. 그것이 어떤 이상한 힘에 의해 흔들린다…….

나의 개였다. 누군가 내게 선물한 덴마크산 어린 강아지였다. 매일 나는 강아지에게 내 손수건을 가지고 놀게 하였다. 그 전날 저녁에 강아지가 집을 빠져나갔기 때문에, 나는 또다시 가출하는 것을 막기 위해 강아지를 묶어두도록 했었다. 그런데 그것이 그 줄을 방금 끊어버린 것이다. 그리고 냄새에 이끌려 오다가 나를 발견하고는 기뻐서 함께 장난치자고 부추기기 위해 나의 코트를 잡아당긴 것이다. 손으로, 목소리로 쫓아봤자 소용없었다. 막무가내인 장난꾸러기를 내쫓는 것은 불가능하였다. 개는 달려가다 짖으면서 다시 내게 돌아오기를 반복하였다. 결국 그 성가신 재촉에 못 이겨, 나는 강아지의 목걸이를 잡고 집으로 데려왔다.

비온데타와 다시 합류하기 위해 잔디 벤치로 돌아오고 있을 때, 한 하인이 내 뒤를 바짝 따라 걸으면서 저녁식사가 준비되었다고 알려줬다. 우리는 식탁에 가서 앉았다. 비온데타가 그 자리에서 당혹스러운 모습을 보였을지도 모를 일이다. 그러나 다행히, 한 젊은 귀족이 함께 저녁 시간을 보내기 위해 우리를 방문하였기 때문에, 세 사람이 함께 식탁에 앉게 되었다.

그다음 날 아침, 나는 밤새도록 나를 사로잡았던 심각한 상념들을 그녀에게 알려야겠다고 결심하고는, 비온데타의 방에 들어갔다. 그녀는 아직 침대에 누워 있었다. 나는 그녀 옆에 앉았다. "어제 우리는 자제력을 잃은 행동을 할 뻔했어요. 만약 그런 일을 저질렀더라면 난 평생 후회했을 거요. 나의 어머니는 내가 결혼하기를 절대적으로 원하세요. 난 당신 외에는 어떤 다른 여자와도 결합하는 것이 불가능해요. 그렇지만 난 어머니의 동의 없이 약혼할 수는 없소. 사랑하는 비온데타, 난 이미 당신을 나의 아내처럼 생각하고 있어요. 당신을 존중하는 것이 나의 의무요."

"그럼, 난 당신을, 다름 아닌 당신을 존중해서는 안 된다는 말인가요, 알바로?! 어쩌면 그 감정이 사랑을 죽이는 독(毒)은 아닐까요?"

"당신은 오해하고 있소. 그것은 사랑의 묘미를 돋우는 양념이오……."

"당신을 아주 냉정한 표정으로 내게 돌아오게 하다니, 참 훌륭한 양념이기도 하군요! 나 자신까지도 얼어붙게 만들어요! 아! 알바로! 알바로! 다행히도 내겐 시(詩)도 이성도, 아버지도 어머니도 없어요. 단지 내가 원하는 것은 내 모든 가슴으로 바로 그 양념 없이 사랑하는 것이에요. 당신은 당신 어머니를 존경해야 할 의무가 있어요. 그것은 자연스러운 것이에요. 그분의 의지가 우리 두 마음의 결합에 동의하는 것으로 충분하잖아요. 그런데 왜 그 의지가 우리의 결합보다 앞서야 하죠? 지식의 빛이 부족한 당신의 머릿속에는 선입견들이 가득 차 있어요. 그것들은 때로는 당신을 이성적으로 판단하게 하고, 때로는 그렇게 하지 않게 만듦으로써, 당신의 행동을 이상하고 일관성 없게 만들어버려요. 의무감 자체에 종속되어, 당신은 이행할 필요가 없거나 불가능한 것들을 자신에게 강요하고 있다고요. 결국 당신은 가장 소유하고픈 대상을 뒤쫓기 위해 택해야 할 길로부터 스스로 벗어나려 하고 있어요. 우리의 결합, 우리의 인연이 타인의 의지에 달려 있다니. 멘시아 마님이 과연 나를 마라빌랴스 가문에 들어갈 수 있을 만큼 충분히 훌륭한 가문 출신으로 생각할지 누가 알아요? 그리고 내가 무시당하면 어떻게 하죠? 당신에게서 당신을 얻는 것이 아니라 당신 어머니에게서 당신을 쟁취해야겠군요. 나와 말하고 있는 이 사람이 바로 최고의 과학에 이르도록 운명 지어진 자가 맞아요? 아니면 그저 에스트라마두르 산지(山地)에서 태어난 아무개집 자식인가요? 나 자신의 감정의 신중함보다 다른 사람들의 것을 더 중요하게 취급하는 것을 볼 때도 내가 예민하게 반응하지 말아야 하나요? 알바로! 알바로! 사람들은 스페인 사람들의 사랑을 대단한 것으로 칭찬해요. 하지만 그들은 언제까지나 사랑보다는 자존심과 거만함을 더 중요한 것으로 생각할 거예요."

난 그전에도 꽤 굉장한 광경들을 보았었다. 그러나 이런 상황에는 전혀 준비되지 않았다. 난 내 어머니에 대한 존경심에 대해 변명하고 싶었다. 의무가 나에게 그렇게 하도록 명령하고 있었다. 그리고 감사하는 마음과 애착은 의무보다 더욱더 강력했다. 그러나 그녀는 내 말에 귀 기울이지 않았다.

"난 아무런 이유 없이 여자가 되지는 않았어요, 알바로. 당신은 나 자신으로부터 나를 얻고, 나는 당신 자신으로부터 당신을 얻기를 원해요. 멘시아 부인이 경솔한 분이시라면, 우리의 사랑이 맺어진 후에 반대하시겠죠. 그 일에 대해서는 더 이상 내게 말하지 마세요. 당신이 나를 존중하는 순간부터, 당신이 자기 자신을 존중하는 순간부터, 그리고 당신이 모든 사람들을 존중하는 순간부터 난 당신이 나를 증오하던 때보다 더 불행해져요." 그리고 그녀는 흐느끼기 시작했다.

다행히 나는 자존심이 강하다. 그 감정은 사리에 어긋나는 분노를 누그러뜨리고, 보기만 하여도 나를 절망에 빠뜨리는 그 눈물을 멈추게 하기 위해 비온데타의 발치로 나 자신을 끌고 가는 나약한 행동을 삼가도록 나를 지켜주었다. 나는 물러갔다. 그리고는 서재로 갔다. 나를 꽁꽁 묶어놓고는 내가 시중들기를 원했겠지. 결국 나는 내가 겪고 있던 대립의 귀결이 두려워, 곤돌라를 향해 달려갔다. 도중에 비온데타의 하녀 중 한 명과 마주쳤다. "베니스로 갈 거야. 올림피아에게 건 소송의 후속 조치를 위해서 거기 가야 해." 그리고 나를 소진시키는 엄청난 불안에 사로잡힌 채, 즉시 그곳을 떠났다. 절망적인 혹은 비겁한 결정을 내리는 길만이 내게 남았다는 사실을 확인하면서, 비온데타에게 불만스러웠고 나 자신에게는 더욱더 불만스러웠다.

베니스에 도착했다. 첫 번째 길로 접어들었다. 곧 끔찍한 폭풍우가 내 머리 위로 몰아칠 것이라는 것을, 그리고 피신처를 찾는 걱정을 해야 할 것이라는 사실을 전혀 예측하지 못한 채, 나는 겁에 질려 당황한 표정으로 발길 닿는 대로 이리저리 쏘다녔다.

그때가 7월 중순경이었다. 얼마 지나지 않아, 나는 마구 쏟아지는 우박 섞인 비를 맞게 되었다.

내 앞에 열려 있는 문이 하나 보였다. 성 프란체스코 수도회의 커다란 교회 문이었다. 거기서 비를 피하기로 했다.

가장 먼저 떠오른 생각은 내가 베니스에 체류한 이래로 이렇게 교회에 들어오기 위해서는 그런 사건이 필요했다는 것이었다. 그리고 다음 생각은 내 의무를 그토록 완벽하게 잊어버린 것에 대해 정당하게 보상해야 한다는 것이었다.

결국, 나는 나를 상념에서 *끄집어내기* 위해 그림을 바라본다. 그리고 그 교회에 있는 기념물들을 보려고 애쓴다. 중

앙 예배 홀과 성가대 주위로 일종의 묘한 여행을 하게 된 것이다.

마침내 나는 한구석에 깊숙이 자리 잡고 있는 작은 예배당에 이른다. 외부의 빛이 들어올 수 없기 때문에 램프 하나가 그곳을 비추고 있었다. 안쪽에서 뭔가 반짝이는 것이 시선을 자극한다. 기념물이었다.

두 정령이 어떤 여성의 형상을 검은 대리석 무덤 속으로 내리고 있었다. 다른 두 정령은 무덤 옆에서 눈물을 흘리고 있었다.

조각상들은 모두 흰 대리석으로 되어 있었다. 그것의 자연스러운 광채가 어둠과의 대조 속에서 더욱 부각되면서 램프의 희미한 불빛을 강렬하게 반사하고 있어서, 마치 그 형상들이 스스로 빛을 발하며 예배당 안쪽을 비추고 있는 것만 같았다.

나는 다가가서 형상들을 유심히 바라본다. 그것들은 진실한 표현으로 충만하고 가장 완벽하게 실현된 아름다운 균형미를 갖춘 것처럼 느껴졌다.

중심 조각상의 머리에 시선을 집중시킨다. 이 얼마나 충격적인 일인가! 난 내 어머니의 초상을 보는 것만 같다. 애정에 사무치는 격렬한 고통이, 어떤 거룩한 존경심이 나를 사로잡는다.

"오, 어머니! 이 차가운 조형물이 그토록 소중한 당신의 모습을 닮은 것은 제 애정의 부족함과 제 인생의 무질서함 때문에 당신께서 무덤으로 내려가시리라는 것을 저에게 경고하기 위함인가요? 오, 세상에서 가장 존경받을 여인이여! 당신의 알바로는 아무리 길을 잃고 헤매도 그의 가슴에 대한 모든 권리를 당신께 온전히 남겨두고 있나이다. 당신께 지고 있는 복종의 의무로부터 멀어지느니, 그는 차라리 천 번이고 만 번이고 죽음을 택할 것입니다. 이 무감각한 대리 석상이 그의 증인이옵니다. 안타깝게도, 저는 가장 거역하기 힘든 열정의 포로가 되었어요! 이젠 스스로 그것을 제어하는 것이 불가능해졌어요. 조금 전, 당신께서는 내 눈을 향해 말씀하셨습니다. 말씀해주세요, 아! 저의 가슴에 대고 말씀해주세요, 제가 그 열정을 내쫓아야만 하는지를. 그리고 저의 목숨을 대가로 지불하지 않고서 그것을 추방할 수 있는 방법이 무엇인지 제게 알려주세요."

이 절실한 기도를 힘주어 발음하면서 난 얼굴을 땅에 대고 엎드렸다. 그리고 대답을 얻으리라는 것을 거의 확신하면서 그 자세로 기다렸다. 그만큼 나는 성심을 다하고 있었다.

당시로서는 전혀 그럴 수 있는 상태가 아니었지만 지금 곰곰이 생각해보면, 우리의 행동 방향을 결정하기 위해 특별한 도움이 필요한 어떤 경우에 우리가 강력하게 그것을 요구한다면, 비록 그 기도가 실현될 리 만무하다 할지라도 어쨌든 그것을 얻기 위하여 정신을 집중시킴으로써, 우리는 신중함을 다하여 가능한 모든 수단을 떠올리고 그것들을 이용하는 상황 속으로 몰입하게 된다. 나의 신중함은 전적으로 신뢰받을 만하였다. 그리고 그것이 내게 시사한 것은 이렇다.

'너의 열정과 너 자신 사이에 상당한 거리를 두어라. 그리고 거기에 완수해야 할 의무를 놓아라. 그러면 뒤이어 벌어지는 사건들이 너에게 모든 것을 선명하게 해명해줄 것이다.'

나는 벌떡 일어서면서 생각했다. '자, 어머니께 나의 마음을 열어 가자. 다시 한번 그 소중한 피신처에서 보호받도록 하자.'

나는 늘 가던 여인숙으로 돌아갔다. 짐을 챙기는 번거로움도 없이, 마차를 구한 뒤 곧장, 프랑스를 거쳐 스페인으로 가기 위해 토리노를 향해 길을 떠났다. 그러나 먼저, 편지한 통과 금화 3백 냥짜리 은행 증서를 동봉하였다. 편지의 내용은 다음과 같다.

내 사랑 비온데타에게

당신 곁을 잠시 떠나려 하오, 내 사랑 비온데타. 가능한 한 빨리 돌아올 것이라는 희망이 내 마음을 위로하지 않는다면,

이것은 곧 나의 생명을 끊는 일이나 마찬가지일 것이오. 지금 어머니를 뵈러 가는 길이오. 난 당신의 그 흥미로운 생각에 자극을 받았소. 나에게 행복을 안겨주어야 할 우리의 결합이 실현될 수 있게, 어머니를 설득하고 그분의 동의를 반드시 얻어서 돌아오리다. 사랑에 내 모든 것을 바치기 전에 먼저 의무를 이행한 나 자신에 만족하게 되었을 때, 당신의 발밑에 엎드려 내 여생을 바치겠소. 당신은 한 스페인 남성을 알게 될 것이오, 나의 비온데타. 당신은 그의 행동을 지켜보면서, 그가 명예와 혈통의 의무에 복종하는 만큼, 다른 의무도 마찬가지로 수행할 줄 안다고 판단하게 될 것이오. 그의 선입견들의 다행스러운 결과를 보면서, 당신이 그를 그러한 것에 묶어두는 감정을 오만이라고 부르지는 않을 것이라 믿으오. 내가 당신의 사랑을 의심하는 일은 절대 있을 수 없는 일이오. 당신은 사랑으로 나에게 전적인 복종을 바칠 것을 맹세했소. 우리가 함께 나누게 될 지극한 행복 외에는 어떤 다른 목적도 없는 이 계획을 위해 이처럼 조금만 양보한다면, 난 당신의 사랑에 더욱 감사할 것이오. 이 편지에 동봉하는 것이 있소. 아마 우리의 가정을 꾸려나가는 데 필요할 것이오. 스페인에 도착해서, 당신의 품위를 가장 손상시키지 않는다고 믿는 만큼 당신에게 다시 보내겠소. 그 어느 때보다도 더 열렬한 이 사랑이 당신의 노예를 영원히 당신에게 다시 데려올 순간을 기약하며.

　나는 에스트라마두르를 향해 가고 있었다. 계절은 가장 아름다운 시기에 접어들었고, 모든 것이 조국에 빨리 도달 하려는 나의 급한 마음에 동참하는 것 같았다. 벌써 토리노 의 종탑들이 나타나기 시작했다. 그때, 정비 상태가 상당히 나쁜 이륜마차 한 대가 나의 마차를 앞지른 다음 멈추어 섰 다. 나는 몸짓으로 신호를 보내고는 마차에서 뛰어내리는 한 여인을 창을 통하여 보았다.

　나의 마부가 알아서 멈추어 선다. 나는 마차에서 내려서 비온데타를 품에 안는다. 그녀는 그 상태에서 의식을 잃는 다. 그녀는 단지 이 한마디를 간신히 할 수 있을 뿐이었다. "알바로! 당신은 날 버렸어요."

　나는 그녀를 나의 마차에 옮겨 실었다. 그것이 그녀를 편 안하게 앉힐 수 있는 유일한 장소였다. 다행히도 그것은 2 인용이었다. 나는 그녀를 거북하게 하는 옷가지들을 벗기면 서, 그녀가 좀 더 용이하게 호흡할 수 있도록 내가 할 수 있 는 일을 다했다. 그리고 두 팔로 그녀의 몸을 지탱하면서 가 던 길을 다시 떠났다. 그 상황이 어떠했는지는 모두들 짐작 할 수 있을 것이다.

　우리는 그럴듯해 보이는 여인숙을 보자 바로 멈추었다.

나는 가장 안락한 방으로 비온데타를 옮기게 하였다. 그리고 그녀를 침대에 뉘고, 그녀 옆에 앉았다. 그다음, 독주(毒酒)와, 실신상태에서 벗어나게 하는 데 효험이 있는 시럽을 가져오게 하였다. 마침내 그녀가 눈을 떴다.

"나의 죽음을 원했어요. 또다시. 그랬으면 좋아했겠죠."

"그 무슨 부당한 말을 하는 거요? 당신은 그 종잡을 수 없는 생각 때문에, 내가 진지하고 필수적이라고 생각하는 절차를 거부하고 있어요. 내가 당신의 생각에 저항할 줄 모르면, 난 의무를 저버리게 될 수도 있을 거요. 그러면 난 근심거리들 속에 파묻히게 될 것이고 우리의 평온한 결합에 혼란을 초래하는 가책들에 사로잡힐 거란 말이오. 그래서 내 어머니의 동의를 구하러 가기 위해 빠져나올 결심을 하고는……."

"당신은 의도를 내게 알리지도 않았어요, 잔인한 사람! 내가 당신에게 복종하도록 되어 있지 않은가요? 난 당신을 따라나섰을 거예요. 그런데 당신은 당신을 위해 나 스스로 만들어놓은 적의 보복 앞에 아무런 보호도 없이 나를 홀로 내버려두고, 당신 잘못으로 인해 극도로 모욕적인 불명예에 나를 처하게 하다니……."

"무슨 일이 있었던 거요, 비온데타? 말해봐요. 누가 감히 당신을……?"

"모든 구조(救助)의 손길을 상실해버리고 신분마저 뚜렷하지 않은 나 같은 여자에 대해 사람들이 어떤 적대적인 일을 감행할 수 있었을까요? 악독한 베르나딜리오는 베니스까지 우리를 뒤쫓아왔었어요. 당신이 떠나자마자, 그는 더 이상 두려워하지 않게 되었어요. 내가 당신의 여자가 된 이후로는 나에게 어떤 나쁜 짓도 할 수 없게 되었지만, 그래도 나에게 시중드는 사람들의 상상력을 혼란스럽게는 할 수 있었던 거예요. 브렌타 강가의 우리 집을 유령들로 에워싸게 한 거죠. 하인들은 겁에 질려 나를 내버려두고 도망갔어요. 그리고 그가 여러 장의 편지를 뿌린 결과로 한 소문이 권위를 얻으면서 일대에 파다하게 퍼지게 되었어요. 그 소문에 의하면, 한 장난기 많은 꼬마 악마가 나폴리 왕립 근위대의 한 대위를 납치해서 베니스로 데려갔는데, 내가 바로 그 꼬마 악마라는 거예요. 그리고 그 소문이 여러 징후들에 의해 거의 사실이 되어가고 있었어요. 모두들 공포에 떨며 나에게서 멀어지고, 난 도움과 동정을 베풀기를 간절하게 호소하지만, 내 옆에는 아무도 없었어요. 결국 나는 사람들에게서 인정(人情)에 대한 호소로 거부당했던 것을 황금으로 구하게 되었죠. 그들은 찌그러져가는 마차 한 대를 나에게 아주 비싼 값에 팔더군요. 안내자들과 마부들을 찾았고, 그러고는 당신 뒤를 쫓아오게 되었어요……."

단호한 내 마음이 비온데타의 불행한 이야기에 흔들리려 하였다. "난 그런 종류의 사건들을 예견할 수는 없었소. 난 당신을 브렌타 강 유역 모든 주민들의 존경과 배려의 대상으로만 보았던 거요. 그것은 정말이지 전혀 논란의 여지가 없는 것 같았어요. 그러니 어떻게 내가 사람들이 나 없는 사이에 당신을 비난하리라고 상상할 수 있었겠소? 오, 비온데타! 당신은 현명하고 분별력도 있어요. 그러니 당신은 내 생각에 반박하는 것이 나를 절망적인 해결책으로 몰아가리라는 것을 예상해야 했을 것이오. 그런데 왜……?"

"내가 내 의지대로 당신을 거역하지 않는 것이 항상 가능할까요? 난 내 선택에 의해 여자가 되었어요, 알바로. 그러나 난 결국 모든 감정과 감각을 느낄 수 있는 상태에 놓이게 되었어요. 난 대리석이 아니에요. 난 나의 육체를 구성하고 있는 기본 물질을 부위에 따라 선택했어요. 그 물질은 매우 민감해요. 그렇지 않다면 나는 전혀 아무것도 느끼지 못할 거예요. 그러면 당신은 내게 아무것도 경험하지 못하게 할 것이고 나는 당신에게 무미한 존재가 되겠죠. 여성으로서의 매력들을 가능하다면 완벽하게 겸비하기 위하여 결국 여성의 모든 결점들까지 품을 수 있는 위험한 일을 감행해버렸어요. 용서해주세요. 그러나 무분별한 행동은 범해졌고, 난 현재의 이 모습으로 만들어졌어요. 나의 감각들은 어떤 것과도 견줄 수 없는 격정으로 이루어졌고 나의 상상력은 화산과도 같아요. 만약 당신이 모든 열정들 가운데 가장 강렬한 것의 대상이 아니라면, 그리고 우리가 이 자연스러운 충동의 원칙과 귀결들을 살라망카 대학의 학자들보다 더 잘 알지 못한다면, 한마디로, 이 열정의 격렬함은 당신을 공포에 떨게 할 거예요.

그들은 이 격정에 가증스러운 이름을 붙이고 오직 그것을 억누르려고만 해요. 영혼과 육체는 어떤 천상의 불꽃을 원동력으로 하여, 서로에게 상호적으로 작용하고 서로의 결합의 필연적인 존속을 위해 협력하도록 노력해요. 그런데 그들은 바로 그 불꽃을 질식시키려는 거예요! 그건 정말 어리석은 짓이에요, 알바로! 물론 그것의 충동들을 제어해야 해요. 그러나 때로는 그것들에 자신을 내맡길 수 있어야 해요. 만약 우리가 그것들을 거역한다면, 우리가 그것들을 자극한다면, 그것들은 일제히 한꺼번에 우리들의 통제로부터 빠져나가버릴 거예요. 그러면 이성은 그것들을 다스리기 위해 어디에 좌정해야 할지도 모르게 되고요. 난 지금 바로 그러한 순간에 처해 있어요. 제발 나를 신중하게 대해줘요, 알바로. 난 6개월밖에 되지 않았어요. 난 내가 경험하고 있는 모든 것에 열광하고 있어요. 당신의 거부 하나가, 당신이 나에게 무심코 던지는 말 한마디가 사랑을 분개시키고, 자존심을 격분시키고, 원망을, 불신을, 두려움을 불러일으켜요……. 아, 내가 지금 뭐라고 말하고 있지? 이제 나의 가련한 머리가 미쳐버린 것 같아! 그리고 나의 알바로도 나만큼이나 불행해!"

"오, 비온데타! 정말이지, 당신 곁에서는 계속 놀라지 않을 수 없소. 하지만 난 당신이 펼치고 있는 이 열정의 고백 속에서 현실 그 자체를 보는 것 같구려. 우린 서로의 애정 속에서 그것에 대항할 방책을 찾을 것이오. 게다가 어머니는 우리를 품 안에 반가이 맞아주실 것이오. 우리가 훌륭하신 어머니의 조언을 기대해서는 안 될 이유가 무엇이겠소? 어머니는 당신을 아껴주실 것이오. 모든 것이 나에게 그런 확신을 주고 있어요. 그리고 모든 것이 우리가 행복한 나날을 보내도록 도와줄 것이오……."

"당신이 원하는 것을 나도 원해야 하는군요, 알바로. 난 나의 성(性)을 더 잘 알아요. 당신만큼 희망을 걸지는 않아요. 하지만 당신을 즐겁게 하기 위해 당신에게 복종하고 싶어요. 당신의 결정에 따르겠어요."

나는 스페인으로 다시 길을 떠나게 된 것, 게다가 나의 이성과 감각을 사로잡았던 그 대상에게서 동의와 동행을 허락받은 것에 대한 기쁨 속에서, 프랑스에 당도하기 위해 알프스산맥을 넘는 통로를 서둘러 찾아나섰다. 그러나 내가 혼자가 아닌 순간부터 하늘은 나의 계획을 거스르기 시작하는 것 같았다. 반복되는 끔찍한 폭풍우로 인하여 나의 바쁜 걸음은 중단되고, 길이 험악해지며, 건널목들 또한 지나갈 수 없는 상태로 변한다. 말들이 기진맥진해진다. 마차는 새것이고 잘 조립된 것 같았는데 매번 역에 이를 때마다 상태가 변해 있다. 차축이, 마구가, 혹은 바퀴들이 떨어져 나간 것이다. 끝없이 이어지던 난관들을 통과한 끝에, 마침내 나는 탕드 고개에 이른다.

나를 걱정시키던 일들, 그러니까 나의 여행을 그토록 방해하던 곤경들 속에서도 나는 비온데타라는 인물을 찬양하였다. 그녀는 내가 보았던 온화하고 우울하던 혹은 열광하던 그 여인이 더 이상 아니었다. 그녀는 더없이 강렬하고 명랑한 충동에 자신을 내맡김으로써 나의 근심을 덜어주기를 원하는 것 같았으며, 누적된 피로가 그녀의 사기를 꺾지 못한다는 사실을 나에게 보여주고 싶어 하는 것 같았다.

그 모든 유쾌한 장난에는 거부할 수 없는 너무도 매혹적인 애무가 곁들여져 있었다. 나는 거기에 나 자신을 내맡겼다. 그러나 나는 신중하였다. 위협받는 나의 자존심이 나의 욕망의 격렬함에 제동을 건 것이다. 그녀는 나의 시선을 통하여 내 마음을 너무도 잘 읽고 있었기 때문에, 나의 혼란을 가늠하고는 그것을 가중시키려 하였다. 나는 위험 속에 있었다. 그것을 인정해야 한다. 그러한 가운데, 한번은 바퀴가 부러져 내가 존중해야 할 그녀의 명예*를 손상할 뻔한 일이 일어났다. 그 일은 나로 하여금 장래에 대하여 경계를 늦추지 않도록 좀 더 조심하게 하였다.

피로가 엄청나게 쌓인 다음에야, 우리는 리옹에 도착하였다. 나는 그녀를 배려하는 뜻에서 며칠간 그곳에 머무는 데 동의하였다. 그녀는 프랑스 왕국의 풍속상의 자유와 경박함으로 나의 주의를 돌렸다. "난 파리의 궁정에 정착한 당신을 보고 싶어요. 어떤 종류의 가능성이나 방편들도 당신에게 부족하지 않을 거예요.

당신은 당신 마음에 드는 인물로서 그곳에 등장하게 될 거예요. 그리고 난 당신에게 중요한 역할을 줄 수 있는 확실한 수단을 가지고 있어요. 프랑스 남성들은 여성의 환심을 사기를 좋아하죠. 나의 외모에 대해 지나치게 과대평가하지 않는다 하더라도, 그들 중에 가장 뛰어난 자가 나에게 정중하게 예를 갖추어 다가올 거예요. 그러면 난 그들을 모두 나의 알바로에게 바치겠어요. 그들은 스페인의 자만심을 만족시키기 위한 멋진 승리에 복종할 거예요!"

---

* 그녀의 처녀성을 가리킨다.

나는 그 제안을 농담으로 취급하였다.

"아뇨, 이건 일시적으로 해보는 가벼운 상상이 아니에요. 난 지금 진지해요……."

"에스트라마두르로 서둘러 떠납시다. 우리가 알바로 마라빌랴스 공의 부인을 소개시키러 프랑스 궁정으로 오게 될 날이 언젠가는 있을 거요. 왜냐하면 연애를 즐기는 여성으로서 그곳에 등장하는 것이 당신에게는 어울리지 않을 것이기 때문이오……."

"내가 지금 에스트라마두르로 가고 있다니. 그곳이 나의 행복을 발견하는 종착지라니 어림도 없어. 그곳으로 절대 다가가지 않으려면 어떻게 해야 하지?"

나는 그녀의 거부감을 듣고 또 보았다. 그러나 나는 목적지를 향하여 나아갔다. 그리고 스페인 영토로 곧 들어설 참이었다. 늪, 바퀴 자국이 움푹 패어 달릴 수 없는 길, 술 취한 마차 몰이꾼, 그리고 고집불통 노새들과 같은 예기치 않던 난관들 때문에 긴장을 늦추기란 피에몬테와 사부아 지방*에서보다 더욱 불가능하였다.

사람들은 스페인 여인숙들에 대해 좋지 않은 말을 많이

---

* 각각 알프스산맥에 걸쳐 있는 이탈리아 지방과 프랑스 지방을 가리킨다.

한다. 그리고 거기에는 그럴 만한 이유가 있다. 그러나 하루 내내 겪었던 장애들에도 불구하고, 허허벌판이나 외진 곳간에서 굳이 밤을 지새우지 않아도 되니 나는 그나마 다행이라고 생각하곤 했다.

"아무리 지금까지 거쳐온 여정을 통해 짐작해보려 해도, 난 우리가 어떤 고장을 찾아가는 건지 도무지 상상할 수가 없어요. 설마 목적지까지 가야 할 길이 아직도 아주 많이 남은 것은 아니겠죠?"

"우리는 에스트라마두르 지방에 있어요. 그리고 여기서 멀어야 40킬로미터 정도만 더 가면 마라빌랴스 성이 있어요……."

"우리는 그곳에 도착하지 못할 거예요. 확실해요. 하늘이 우리를 그곳에 가지 못하도록 막고 있다고요. 저기 하늘을 좀 보세요. 먹구름이 잔뜩 비를 머금고 있잖아요."

나는 하늘을 바라보았다. 그것이 그보다 더 위협적으로 보인 적은 없었다. 나는 우리가 머물고 있던 곳간이 폭풍우로부터 우리를 보호해줄 수 있을 것이라는 점을 비온데타에게 일깨워주었다. "벼락으로부터도 우리를 보호해줄까요?" 그녀가 말한다……. "벼락이 당신에게 무슨 대수란 말이오? 당신은 공기 속에서 사는 데 익숙하잖소. 당신은 그것이 만들어지는 것을 수없이 보았으니 그것이 만들어지는 물리적인 생성 과정을 잘 알고 있을 것 아니오?" "그걸 잘 모른다면 무서워하지도 않겠죠. 난 당신에 대한 사랑으로 인해 물리적 원칙들에 순종했어요. 그리고 바로 그 원칙들이 죽이는 힘을 가지고 있기 때문에, 바로 그것들이 물리적이기 때문에 두려워하는 거죠."

우리는 곳간의 양끝에 두 개의 짚단을 놓고 각자 그 위에 자리 잡았다. 그사이 멀리서 예고되던 폭풍우가 점점 가까워지더니 이제는 무시무시하게 으르렁거린다. 하늘은 사방팔방에서 불어오는 바람으로 마구 뒤흔들리는 화염처럼 보였다. 천둥은 이웃한 산들에 웅크린 동굴들에 반향을 일으키면서 우리의 귀청을 사납게 내리쳤고 우리는 두려움에 떨었다. 그것은 차례로 다가오는 것이 아니라 한꺼번에 서로 부딪치는 것 같았다. 바람, 우박, 비가 서로 다투었고, 거기에 극도로 끔찍한 광경의 공포가 가세하면서 우리의 감각을 짓눌렀다. 먼저 번개가 우리의 피신처를 태워버릴 듯한 기세로 번쩍인다. 곧이어 우레가 터지면서 쩌렁쩌렁 울려 퍼진다. 비온 데타는 눈을 감고 손가락으로 두 귀를 틀어막은 채 내 품속으로 달려온다. "아! 알바로, 난 이제 끝장났어요……!"

난 그녀를 안심시키려 한다. 그녀는 "내 심장에 손대봐요" 하고 말하면서, 자신의 가슴 위로 내 손을 갖다댄다. 비록 그녀가 심장의 박동이 가장 잘 느껴지는 장소에 정확히 내 손을 얹어놓지는 않았지만, 나는 그것이 예사롭지 않다는 사실을 알 수 있었다. 그녀는 있는 힘을 다하여 나를 껴안고는 번개가 칠 때마다 더욱 세게 나를 죄었다. 마침내 그때까지 들려왔던 모든 것들보다 더 끔찍한 것이 터졌다. 비 온데타가 어찌나 나의 품속으로 파고들었는지, 나는 온몸으로 그녀를 완전히 감싸안지 않을 수 없었다. 만에 하나라도 사고가 났다면 번개가 나의 몸에 먼저 닿기 전에는 결코 그녀를 칠 수 없었을 것이다.

그 공포 효과가 내게 좀 이상하게 느껴졌다. 그리고 나로서는 폭풍우의 여파가 아니라, 그녀가 자신의 모습 앞에서 버티고 있는 나의 저항을 꺾기 위해 머릿속으로 어떤 음모들을 계속 꾸며댈까, 오히려 그것이 두려웠다. 난 말도 못하게 흥분된 상태에 있었음에도, 일어나면서 말했다. "비온데타, 당신은 지금 자신이 무얼 하고 있는지 모르고 있어요. 두려움을 진정시켜요. 이 시끌벅적한 소란은 당신도 나도 위협하지 않아요."

이러한 나의 차분함에 그녀가 놀란 것이 틀림없다. 그러나 그녀는 계속 불안을 가장하면서 자신의 저의를 내게 숨길 수 있었다. 다행히 폭풍은 마지막 기력을 다했다. 하늘은 말끔히 씻겨졌고, 곧 청명한 달빛이 더는 무질서한 대기를 걱정할 필요가 없으리라는 것을 우리에게 예고하였다.

비온데타는 원래 있던 자리에 그대로 있었다. 나는 그녀 옆에 앉아 한마디도 말하지 않고 있었다. 그녀는 자는 척하였다. 그리고 나는 필연적으로 난처할 수밖에 없는 내 열정의 귀결들에 대하여 이 모험이 시작된 이래로 가장 슬픈 명상에 잠기기 시작했다. 나의 깊은 생각들의 밑그림만을 보여주기로 하겠다. 그녀는 정부(情婦)로서도 매력적이지만, 그래도 난 그녀를 내 아내로 맞고 싶다는 것이었다.

이런 생각들에 잠겨 있는 동안, 어느새 날이 밝았다. 나는 몸을 일으킨 다음, 길을 계속 갈 수 있을지 살펴보기 위해 밖으로 나갔다. 당분간은 길을 떠나는 것이 불가능했다. 마부의 말에 따르면, 마차를 끌던 노새들이 전혀 길을 떠날 상태가 아니라고 했다. 내가 그런 당혹스러운 상황을 파악하고 있을 때, 비온데타가 다가왔다.

힘세게 생긴 한 사나이가 음침한 표정으로 어떤 농가 앞에서 꽤 튼튼해 보이는 노새 두 마리를 뒤쫓아가는 광경을 목격하자, 나는 인내심을 잃기 시작하였다. 난 그에게 내 집까지 데려다줄 것을 제안하였다. 그는 길을 알고 있었고, 우리는 노임에 합의하였다.

내가 다시 마차에 오르려던 참이었다. 한 시골 여인이 남자 하인 한 명을 동반하고 길을 지나가고 있었다. 나는 그녀가 누군지 알 듯하였다. 그녀에게로 다가간다. 그리고 그녀를 유심히 쳐다본다. 우리 마을에 사는 정직한 농부이자 내 유모의 동생인 베르타가 분명하다. 그녀를 부른다. 그녀가 멈춰 서서 나를 바라본다. 그러나 아연한 표정으로. "아니! 알바로님! 이게 웬일이에요. 나리의 파멸이 신 앞에서 약속된 곳에, 나리께서 온 가문에 비탄을 초래하신 이곳에 무엇하러 오세요……?"

"내가?! 내가 뭘 했죠, 베르타……?"

"아! 알바로님, 지체 높으신 나리의 어머님이, 선량하신 우리 마님이 처하시게 된 비극적인 상황에 대해 나리는 양심의 가책을 느끼지 않으세요? 마님이 돌아가실 것 같아요……."

"어머니가 돌아가시게 되었다고?" 내가 외쳤다…….

"그래요. 나리가 마님께 일으킨 슬픔 때문이죠. 제가 이렇게 나리와 말하고 있는 이 순간에 벌써 돌아가셨을지도 몰라요. 나폴리와 베니스에서 사람들이 마님께 편지를 보냈어요. 불안에 떨게 하는 내용이었답니다. 나리의 형님이신 우리 영주님께서 노발대발하고 계셔요. 나리를 단죄하라는 명령이 내려지도록 여기저기 요청할 것이라고 하셨습지요. 당신께서 직접 나리를 고발하고 법정에 넘기겠다고도 하셨습니다요……."

"자, 베르타 아주머니, 마라빌랴스로 돌아가면, 그리고 나보다 먼저 그곳에 도착하면, 내 형님께 곧 나를 보시게 될 것이라고 일러줘요."

즉시 마차에 마구가 채워졌고, 나는 단호한 표정으로 마음의 혼란을 감추면서 비온데타에게 손을 내밀었다. 그녀는 겁에 질린 표정으로 말했다. "뭐라고요! 우리 스스로 당신 형님 앞에 나설 거라고요? 우리가 나타나면, 화난 가족들이, 비탄에 잠긴 가신들이 더욱 격해질 거예요……."

"형님이 내가 저지르지 않은 잘못들 때문에 나를 탓한다면, 난 그를 두려워할 이유가 없어요, 비온데타. 형님께 오해를 풀어드려야 해요. 이건 중요한 일이오. 만약 내게 잘못이 있다면 용서를 빌어야죠. 그리고 그것이 내 진심에서 우러나온 것이 아닌 만큼, 난 형님께 동정과 관용을 구할 권리가 있어요. 만약 나의 무절제한 행동으로 인해 어머니가 돌아가셨다면, 난 그 수치스러운 일을 사죄하고 그 파멸에 대해 큰 소리로 울어야 할 거요. 그래서 나의 후회를 공개함으로써, 진실로써, 인간의 본성에 결부된 결점으로 인해 나의 핏속에 각인되었을 오점을 모든 스페인 사람들의 시선으로부터 지워야지요."

"아! 알바로 기사 나리, 당신은 당신과 나의 파멸을 향해 치닫고 있어요. 사방에서 써보낸 그 편지들, 그토록 재빠르게 확산된, 그리고 그토록 교묘하게 가장된 편견들은 우리에게 일어난 사건들과 내가 베니스에서 겪었던 학대의 연속

선상에 있다고요. 당신은 그 음흉한 베르나딜리오를 잘 몰라요. 그는 당신의 형님의 뇌리를 떠나지 않고 있어요. 그가 형님을 충동질할 거예요…….”

“하! 내가 베르나딜리오 따위를 두려워할 게 뭐 있겠소? 난 지상의 모든 비겁한 자들이 하나도 두렵지 않소. 비온데타, 내가 나 자신의 유일한 적이라오. 아무도 내 형님을 맹목적인 복수로, 부당한 행위로, 이성과 용기를 지닌 남자에게는 어울리지 않는 비신사적인 비열한 행동으로 몰고 갈 수는 없을 것이오.”

꽤 격렬하게 펼쳐졌던 이 대화는 침묵으로 이어졌다. 그것은 우리를 각자 난처하게 할 수도 있었을 것이다. 그러나 비온데타는 조금씩 진정되더니 잠시 후 잠들어버렸다.

그녀에게서 눈을 떼는 것이 내게 가능할 수나 있었을까? 아무런 감정의 동요 없이 그녀를 응시하는 것이 과연 가능했을까? 세상의 모든 보석들과 고아함과, 그리고 젊음으로 빛나는 그 얼굴 위에서 수면(睡眠)은 휴식의 자연스러운 아름다움에 섬세하고도 생기 넘치는 신선함을 더해주었다. 그것은 그녀의 모든 선들을 조화롭게 해주었다. 나는 다시 황홀경에 사로잡혔다. 그것은 나의 경계심을 느슨해지도록 했고, 나의 불안은 중단되었다. 아니, 내게 아직도 꽤 격렬한 불안이 남아 있다면, 그것은 오직 내 불타는 열정의 대상의 머리에 관한 것밖에 없었다. 그녀의 머리가 마차의 요동으로 인해 흔들리고 있었고, 나는 거칠고 급작스러운 마찰 때문에 행여 그녀가 어떤 불편이나 겪지 않을까 노심초사할 뿐이었다. 그리고 그녀의 머리를 지탱하여 보호하는 것에 여념이 없었다. 그러나 한번은 얼마나 격심한 요동이 있었는지, 나로서는 도저히 어떻게 할 수가 없게 되었다. 비온데타는 외마디 소리를 질렀고, 우리의 마차는 뒤집어졌다. 차축이 부러진 것이다. 다행히 노새들이 멈추었다. 나는 마차에서 빠져나와 극도의 경악에 사로잡힌 비온데타에게로 황급히 다가간다. 그녀는 팔꿈치에 가벼운 멍이 들었을 뿐이다. 그리고 곧 우리는 들 한복판에, 그것도 한낮의 뜨거운 태양의 열기에 노출된 채 서 있게 되었다. 우리는 어머니의 성에서 불과 20킬로미터 가량 떨어진 곳에 있었다. 사람이 살 만한 곳은 어디에도 보이지 않았고, 결국 우리에겐 목적지로 갈 수 있는 어떤 뚜렷한 방법도 없었다.

그러나 여러 번 주의 깊게 찾아본 덕택으로 나는 5백여 미터 정도 떨어진 곳에서 꽤 키 큰 나무들이 섞여 있는 잡목림 너머로 연기가 피어오르는 것을 분간할 수 있었다. 그래서 노새 몰이꾼에게 마차를 지키도록 맡겨놓고, 우리를 구해줄 만한 것이 있을 그쪽을 향해 비온데타와 함께 걸어갔다.

그쪽으로 다가갈수록 희망은 확고해졌다. 벌써 작은 숲이 두 갈래로 나뉘어 있는 것이 보인다. 곧 그것은 하나의 길 모양을 하게 되고, 그 안쪽으로 수수한 구조의 건물들이 보인다. 마침내 우리의 시야는 상당한 규모의 한 농가에 가닿는다.

그 외딴 거주지에서는 모든 것이 움직이고 있는 것 같다. 그들이 우리를 발견하자, 곧 한 남자가 그들로부터 떨어져 나와, 우리를 향해 다가온다.

그는 우리를 정중하게 맞이한다. 외양으로 봐서, 그는 성실해 보인다. 그는 불꽃 색깔이 배합되어 있고 몇 올의 은실로 장식된 검은색 새틴 조끼를 입고 있다. 나이는 25세에서 30세 가량으로 보인다. 전형적인 시골 사람으로 얼굴빛에는 싱싱함이 배어 있으며, 볕에 탄 피부는 원기 왕성함과 건강함을 드러내고 있다.

나는 우리를 그의 집으로 오게 한 사건의 경위를 설명한다. "기사님, 언제든지 환영입니다. 여기는 선량한 마음을 가진 사람들이 살고 있습니다. 이곳에 저는 대장간을 가지고 있는데, 나리의 마차 축을 수선하도록 하겠습니다. 그렇지만 나리께서 저의 영주이신 메디나-시도니아 공작님의 황금을 모두 주신다 해도, 저나 저의 식솔들 중에 어느 누구도 오늘 당장 그 일을 할 수는 없을 겁니다. 저와 저의 아내는 교회에서 돌아오는 길입니다. 오늘은 저희들 인생에서 가장 행복한 날이지요. 자, 들어오십시오. 저를 축하해주어야 할 저의 부모, 친구들, 이웃들, 그리고 저의 신부를 보시면, 과연 제가 지금 저들에게 일을 시킬 수 있을지 나리께서도 판단하실 수 있을 겁니다. 왕국이 시작된 이래 오직 자신의 노동으로 간신히 먹고사는 사람들로 구성된 모임을 마님이나 나리께서 하찮게 생각하지 않으신다면, 우리와 함께 식탁으로 가시는 것이 어떻겠습니까? 오늘 저희들은 모두 행복해요. 그러니 일은 내일 생각하겠사옵니다."

그는 나의 마차를 찾으러 가도록 명령을 내린다.

이렇게 해서 나는 그 공작(公爵)의 농토를 경작하는 농부인 마르코스의 손님이 되었다. 우리는 결혼 축하연이 마련된 야외 연회장으로 들어간다. 중심 저택의 벽을 등지고 있는 연회장은 마당 안쪽을 전부 차지하고 있었다. 그곳은 아치 형태의 나무 그늘로 만들어졌고, 꽃줄로 장식되어 있었다. 거기서 시야는 먼저 두 개의 작은 숲에 멈춘 다음, 그 사이로 난 진입로를 넘어 들판을 향하여 평온하게 끝없이 뻗어나갔다.

식탁이 차려져 있었다. 신부인 루이지아가 마르코스와 나 사이에, 그리고 비온데타가 마르코스 옆에 앉았다. 양가의 부모들과 다른 친척들이 서로 마주 앉았고, 젊은 사람들은 양 끝을 차지하였다.

신부는 커다란 두 눈을, 그것들이 아래만 처다보도록 만들어지지 않았음에도 아래로 떨구고만 있었다. 그녀는 사람들이 그녀에게 무슨 말이든 건네기만 하면, 비록 그것이 그녀와 무관한 이야기일지라도 미소지으면서 얼굴을 붉혔다.

처음에는 엄숙함이 회식을 지배했다. 그것이 이 나라의 특징이다. 그러나 식탁에 두루 배치된, 포도주가 든 가죽 부대(負袋)들이 차츰 쭈그러들면서 그들의 심각하던 표정은 점점 풀어졌다. 그 지역의 즉흥시인들이 갑자기 식탁 주위로 나타났을 때, 그들은 조금씩 흥분하기 시작하던 참이었다. 시인들은 맹인이었는데, 기타 반주에 맞추어 다음과 같은 노래를 불렀다.

마르코스가 루이지아에게 물었죠,

당신은 나의 가슴과 나의 맹세를 원하나요?

나를 따라와요, 그녀가 대답했죠,

우리 교회에서 말해요.

거기서, 입과 눈으로

강렬하고 순수한 불꽃을

그들은 서로에게 맹세했죠.

여러분, 이 행복한

신랑 신부를 보고 싶으면,

에스트라마두르로 오세요.

루이지아, 그녀는 지혜롭고 아름다워요.

많은 남성들이 마르코스를 질투해요. 하지만

그는 그들의 시기심을 모두 누그러뜨리죠,

그녀에 걸맞은 남편임을 보여주면서.

그리고 여기 모든 것은 하나의 목소리로

그들의 선택을 칭찬하고,

그토록 순수한 불꽃을 찬양하죠.

여러분, 이 행복한

신랑 신부를 보고 싶으면,

에스트라마두르로 오세요.

그 얼마나 온화한 친밀함으로

그들 두 가슴이 결합하였나요!

그들의 양떼들은

같은 우리 속에 모였고

그들의 노고와 그들의 즐거움,

그들의 근심, 그들의 소원, 그들의 욕망은

같은 가치를 따르죠.

여러분, 이 행복한

신랑 신부를 보고 싶으면,

에스트라마두르로 오세요.

이 노래는 그것을 듣고 있는 사람들만큼이나 단순해서 그들에게 전적으로 어울리는 것 같았다. 축가가 울려 퍼지는 동안, 머슴들은 더 이상 시중들 필요가 없어지자 남은 음식을 먹기 위해 모두 즐겁게 모여들고 있었다. 그들은 잔치의 흥을 돋우기 위해 부른 집시들과 함께, 숲 사이로 난 진입로의 가로수들 아래로 활기차고 다양하게 무리 지으면서 우리의 시야를 유쾌하게 장식하고 있었다.

비온데타는 끊임없이 나의 시선을 찾고는, 그녀의 마음을 즐겁게 차지하고 있는 듯한 그 대상들을 향하도록 강요하였다. 그녀는 마치 그들이 그녀에게 가져다주는 모든 즐거움을 함께 나누지 않는 것에 대해 나를 책망이라도 하는 듯하였다.

그러나 회식은 젊은이들에게는 금방 지루하게 느껴졌다. 그들은 무도회를 기다리고 있다. 이제 나이 지긋한 사람들이 호의를 베풀 차례다. 사람들은 식탁으로 사용되었던 판자들의 열을 흐트러뜨려, 그것들을 떠받치고 있는 술통들과 함께 나무 그늘 안쪽으로 밀어붙인다. 그것들이 무대로 변하면서, 악단이 있는 야외극장 구실을 하게 되었다. 그들은 세비야의 판당고* 무곡을 연주한다. 젊은 집시 여인들이 캐스터네츠와 바스크 북을 두드리며 음악에 맞춰 춤을 춘다. 축하연에 모였던 사람들이 그들과 뒤섞이면서 동작을 따라한다. 이제 모든 사람들이 춤춘다.

비온데타는 그 광경을 탐욕스러운 눈으로 바라본다. 그녀는 자신의 자리에 그대로 남아서 사람들이 하는 것을 보며 모든 동작들을 따라해본다.

"난 무도회를 열광적으로 좋아할 것 같아요." 얼마 지나지 않아 그녀는 무도회장으로 들어가서 나에게 춤추자고 억지를 부린다.

우선 그녀는 다소 당혹스러움을 표시한다. 그리고 약간의 서투름도 보인다. 그러나 그녀는 금방 익숙해지더니, 경쾌함과 정확함에 우아함과 힘까지 더한다. 열기가 고조되면서, 그녀는 자신의 손수건을 적시고 그러고는 내 것을, 그다음에는 그녀의 손에 쥐여주는 모든 손수건을 필요로 한다. 그녀는 오직 땀을 닦기 위해서만 멈춘다.

나는 한 번도 춤을 열렬하게 좋아해본 적이 없다. 나의 영혼이 그토록 무의미한 놀이에 빠질 수 있을 만큼 터놓고 자

---

* fandango, 스페인의 안달루시아 지방에서 유래한 춤이다.

유롭지 못했던 탓이다. 나는 무도회에서 빠져나와 연회장 나무 그늘의 한쪽 구석으로 가서, 조용히 앉아 생각할 수 있는 장소를 찾았다.

알을 낳는 암탉의 꼬꼬거리는 소리가 주의를 흩뜨려서, 내 의지대로 생각을 집중시키는 것이 어려웠다. 뒤에서 두 목소리가 들려왔다. "그래, 그래, 그는 이 별자리 태생이야. 이제 자신의 천궁(天宮)으로 들어갈 거야. 맞아, 조라딜리아. 그는 5월 3일 새벽 세 시에 태어났거든……."

"오! 정말, 레가지자. 사투르누스 태생들에게는 불행이 있겠군. 이 별이 주피터를 상승궁(上昇宮)으로 하고 있거든. 그리고 비너스와 120도 각을 이루는 메르쿠리우스가 마르스와 일직선상에 있으니까 말이야.* 오! 그 잘생긴 젊은 양반, 정말 자연의 특혜로군! 그는 굉장한 희망을 품어도 될 것 같아! 엄청난 재산도 모으겠지! 하지만……."

나는 나의 생시(生時)를 알고 있었다. 그녀들이 아주 기묘한 정확성을 지니고 세부사항들을 하나씩 해석하는 것을 듣는다. 그러고는 뒤돌아서 그 수다쟁이들을 정면으로 바라본다.

---

* 사투르누스, 주피터, 비너스, 메르쿠리우스, 마르스는 각각 토성, 목성, 금성, 수성, 화성을 가리킨다.

그 두 집시 여자들은 앉아 있기보다는 차라리 발뒤꿈치에다 엉덩이를 괸 채 웅크리고 있다. 윤기 없는 거무칙칙한 피부에다 푹 들어간 타는 듯한 눈, 합죽한 입. 그리고 가늘고도 엄청나게 긴 코는 좁은 이마에서 시작해서 턱에 이를 정도로 길게 휘어져 내려온다. 흰색과 푸른색의 줄무늬 천 조각이 머리카락의 반은 빠져버린 머리통을 두 번 두르고는 어깨 위로 목도리처럼 떨어진다. 그리고 거기서 허리 부분까지 거의 반은 살을 드러내고 있었다. 한 마디로 목불인견인 데다 우스꽝스럽기까지 하다.

나는 그들에게 다가간다. 그리고 그들이 나를 뚫어지게 바라보면서 자기들끼리 몸짓으로 뭔가 신호를 주고받는 것을 보고는 말을 붙였다. "아주머니들, 나에 대해 말하고 있었던 거지요⋯⋯?"

"그러니까 기사 양반이 우리가 하는 이야기를 다 들었다는 말씀이군요?"

"그런 것 같아요. 누가 아주머니들에게 나의 탄생에 관한 천궁도(天宮圖)를 그토록 상세하게 가르쳐줬죠⋯⋯?"

"우린 다른 이야기들도 더 해줄 수 있어요, 운수 좋은 젊은 양반. 그렇지만 먼저 그렇게 하라는 신호를 손에 딱 쥐여주어야 해요."

"겨우 그것이 문제라면⋯⋯." 나는 스페인 금화 한 냥을 그들에게 주었다.

"이것 봐, 조라딜리아." 더 나이 많은 여자가 말한다. "이 분이 얼마나 고귀한지, 그리고 얼마나 많은 보물을 향유하도록 타고났는지 좀 보라고. 자, 기타를 뜯으면서 내게 반주를 좀 넣어줘." 그리고 그녀는 노래를 부른다.

스페인은 그대에게 생명을 주었네.
그러나 그대에게 젖을 준 것은 파르테노페*라네.
대지는 그대가 자신의 주인임을 알아.
원한다면, 그대는 하늘의
총애를 받으리.

그대에게 예언된 행복은
변덕스럽고, 그대를 떠날 수도 있으리.
그대는 지나치며 잠시 그것을 잡을 뿐,

---

* 순결한 처녀를 뜻한다. 19세기 『라루스 대사전』에 의하면, 그녀는 율리시스에 반한 세이렌 요정으로, 그에게 멸시당하자 바닷속으로 몸을 던진다. 그녀의 시체가 파도에 휘말려 이탈리아 해안으로 밀려오자, 해안의 주민들이 그녀의 무덤을 만들었고, 그 옆으로 도시를 건설하여 파르테노페라고 불렀다. 그러나 그것은 얼마 가지 않아 폐허가 되었고, 그 자리에 다시 새로운 도시가 건설되었다. 네아폴리스(새로운 도시)라 불린 이 도시가 바로 오늘날의 나폴리다.

그러나 그대가 현명하다면,

그것을 주저 없이 붙잡아야 하리.

그 사랑스런 대상은 누구인가?

그대의 권능에 순종하는 자, 누구인가?

그는……

두 노파는 계속 노래 불렀고, 나는 주의 깊게 듣고 있었다. 비온데타가 무도장을 떠나 나를 향해 달려왔다. 그녀는 억지로 나의 팔을 잡아당겨, 나를 그곳으로부터 멀어지게 하였다.

"왜 나를 혼자 내버려두었어요, 알바로? 여기서 무얼 해요?"

"저 노파들의 말을 좀……"

나를 끌어당기면서, 그녀가 말했다.

"아니! 저 늙은 괴물들의 말에 귀를 기울여요……?"

"솔직히, 저 사람들은 기이한 데가 있어요, 비온데타. 그들은 사람들이 상상하는 것보다 훨씬 더 많은 것을 알고 있어요. 그들이 말하는 바에 따르면……" 그녀는 빈정대는 투로 말한다.

"그렇겠죠, 그게 그들의 직업이니까요. 아마도 당신의 행운에 대해 말했겠죠. 당신은 그걸 또 믿을 테죠? 당신은 훌륭한 지적 능력이 있으면서도 어린아이 같은 단순함을 지니고 있어요. 그들이 나를 돌보지 못하도록 당신을 방해했단 말이죠?"

"아니, 그 반대요, 사랑하는 비온데타. 그 사람들은 나에게 당신에 대해 말하려던 참이었소." 그녀는 불안한 듯 격한 어조로 대답했다.

"나에 대해 말하다니요! 그 사람들이 나에 대해 뭘 알아요? 나에 대해 뭘 말할 수 있죠? 당신은 이치에 닿지 않는 말만 하시는군요. 내가 당신의 잘못을 잊어버릴 수 있도록 당신은 저녁 내내 나와 함께 춤을 춰야 해요."

나는 그녀를 따라 다시 무도장 안으로 들어가지만, 내 주위에서 일어나는 일이나 나 자신이 하고 있는 일에 대해서는 아무런 관심도 없다. 난 나의 행운들에 대해 말해주는 그 집시 노파들을 언제든 다시 만나기 위해 그곳을 빠져나갈 궁리만 하고 있다. 마침내 나는 절호의 기회를 만난다. 그리고 그것을 놓치지 않는다. 나는 눈 깜짝할 사이에 거의 날다시피 달려가서 그들을 되찾고는, 농가의 채소밭이 끝나는 지점에 있는 자그만 홍예 모양의 나무 그늘로 그들을 데려갔다. 거기서 나는 나에 관하여 알 수 있는 흥미로운 모든 것을 산문으로, 아무런 수수께끼 없이, 아주 간단하게 말해주기를 그들에게 간청했다. 악마를 쫓기 위한 강력한 주술이 필요했다. 왜냐하면 내 손안에는 황금이 그득하였기 때문이다. 노파들은 내가 그들의 말을 듣는 데 애태우는 만큼이나 불타는 열정으로 말했다. 곧, 나는 그들이 나의 가족의 가장 내밀한 특징들에 대해 알고 있으리라는 사실과 나와 비온데타 사이의 관계, 나의 두려움, 나의 희망들에 대해 어렴풋하게나마 알고 있으리라는 사실에 대해 아무런 의심도 품을 수 없게 되었다. 나는 많은 것들을 알게 되리라 믿었고, 더욱 중요한 사실들을 알게 되는 것에 마음이 뿌듯했다.

그러나 우리의 아르고스*가 나를 바싹 뒤쫓아온다.

비온데타는 달려온 것이 아니라 날아왔다. 내가 말을 꺼내려고 하자, 그녀는 내 말문을 가로막았다. "변명의 여지가 없어요. 재발(再發)은 절대 용서 못 해요……."

"아! 당신은 나를 용서하게 될 거요. 난 확신해요. 난 더 많은 것을 알 수 있었는데, 당신이 그걸 방해했소. 그래도 난 이제 꽤 많은 것을 알고 있어요……."

"괴상한 일이나 하기 위해서겠죠. 난 정말 화났어요. 그렇지만 여기서 말다툼이나 하고 있을 때가 아니에요. 우리끼

---

* 그리스 신화에 나오는 백 개의 눈을 가진 거인.

리는 서로에 대한 존경의 마음을 잃어버린다 할지라도, 우리를 초청한 사람에 대한 예의는 지켜야 해요. 모두들 식탁에 모이고 있어요. 난 당신 옆에 앉겠어요. 더 이상 당신이 나에게서 도망가는 것 때문에 괴로워하고 싶진 않아요."

다시 준비된 향연에서, 우리는 신랑 신부와 마주앉았다. 두 사람 모두 그날의 즐거움으로 생동감이 넘쳤다. 마르코스의 시선은 불타는 듯했고, 루이지아의 시선은 수줍음이 좀 덜해졌다. 그러나 부끄러움은 이제 더없이 강렬한 선홍색으로 그녀의 뺨을 물들였다. 헤레스산 포도주가 식탁을 돌았다. 그것이 어느 정도까지는 그녀의 조심성을 몰아낸 듯하다. 노인네들조차도 그들이 과거에 즐겼던 쾌락들에 관한 추억으로 흥분되어, 격정적이기보다는 혈기왕성하다고 할 수 있는 내용의 농담들로 젊은이들을 자극하였다. 그 광경이 내 눈에 선하게 그려졌다. 그리고 내 옆에서는 더 변화무쌍하고, 더 생생한 광경이 벌어지고 있었다.

비온데타는 열정과 원망에 번갈아 사로잡히는 듯했다. 입술을 경멸에 찬 거만한 매력들로 무장하거나 미소로 치장하면서, 나의 신경을 거스르거나 나에게 토라진 모습을 보이기도 하고, 피가 나도록 나를 꼬집기도 했다. 그리고 마침내 내 발 위로 자신의 발을 올려놓고 부드럽게 더듬었다. 한마디로, 한순간에 총애에서 비난으로, 징벌에서 애무로 바뀌었다. 그 결과, 격한 감정들의 변동에 내몰린 나는 상상조차 할 수 없는 혼란 속에 빠졌다.

신랑 신부가 연회장을 떠나자, 하객들의 일부가 이러저러한 이유로 그들을 따라갔다. 우리도 식탁을 떠난다. 한 여인이 노란색 촛불을 들고 우리를 앞서가는데, 우리는 그녀가 신랑의 친척 아주머니라는 사실을 알고 있었다. 우리는 그녀를 따라, 겨우 4평방미터 정도밖에 안 되는 작은 방에 도착했다. 가구로 말할 것 같으면, 폭이 1미터가 겨우 넘을 듯한 침대 하나와 두 개의 의자가 딸린 테이블이 전부다. 우리를 안내해준 여인이 말한다. "이것이 우리가 두 분께 드릴 수 있는 유일한 방입니다." 그리고 그녀는 테이블 위에 촛불을 내려놓는다. 이제 우리 둘만이 남겨졌다.

비온데타는 시선을 아래로 떨군다. 내가 먼저 그녀에게 말을 건넨다. "당신이 우리를 부부라고 말했지요?"

"그래요. 진실이 아닌 것을 말할 수는 없었어요. 당신이 내게 약속했어요. 그리고 난 당신에게 약속했고요. 그게 가장 중요한 거잖아요. 당신들의 의식(儀式)은 기만에 대비하기 위해 취해지는 예방책일 뿐이에요. 난 그런 것이 중요하다고는 생각하지 않아요. 그 나머지가 내게 달려 있는 게 아니거든요. 그리고 만약 사람들이 우리에게 내준 침대를 나와 함께 쓰고 싶어 하지 않는다면, 나는 불편한 마음으로 밤을 지새우는 당신의 모습을 바라보며 괴로워하게 될 거예요. 난 휴식이 필요해요. 지친 정도가 아니에요. 모든 면에서 기력을 다한 느낌이에요." 극도로 격앙된 어조로 말하면서 비온데타는 얼굴을 벽 쪽으로 돌리고는 침대 위에 몸을 누인다. 내가 소리친다. "이럴 수가! 내가 당신을 불쾌하게 했군요, 비온데타. 당신 마음이 아주 많이 상한 것 같아요! 어떻게 하면 내 잘못을 용서받을 수 있겠소? 차라리 내 목숨을 요구해요." 미동도 하지 않은 채 그녀가 대답한다.

"알바로, 당신과 내 마음의 평온을 되찾을 수 있는 방법에 대해서라면, 그 훌륭한 집시 여자들을 찾아가서 물어보지 그래요?"

"아니! 그럼, 내가 그 노파들과 나눈 대화가 당신이 화난 동기란 말이오? 아! 당신이 내게 사과해야 해요, 비온데타. 그들이 내게 들려준 의견들이 얼마나 당신 생각과 일치하는지 안다면, 그 집시들이 결국 마라빌랴스 성으로 돌아가지 않도록 나를 결심시킨 것을 당신이 안다면……! 그래요. 결심이 섰어요. 내일 우리 로마로, 베니스로, 파리로, 아니, 당신이 우리가 함께 살기를 원하는 곳이면 어디로든 떠납시다. 거기서 내 가족의 동의를 기다리기로 합시다……."

이 말에 비온데타가 돌아눕는다. 그녀의 얼굴은 진지하고 준엄했다. "기억하세요, 알바로? 내가 누구인지, 내가 당신에게서 무얼 기대하는지, 내가 당신에게 행하도록 충고하던 것이 무엇인지를요? 어쩌면! 난 타고난 지식들을 신중하게 사용하고서도 당신을 분별력 있는 생각으로 인도하지 못했는데, 나와 당신의 행동 원칙들이 하찮은 집시들이 말하는 것에 근거하다니요! 그들은 아주 멸시받을 만한 존재이거나, 아니면 당신과 나에게 가장 위험한 존재들이에요! 내가 인간을 두려워하는 것은 틀림없는 사실이에요." 그녀는 고통의 격정 속에서 외쳤다. "난 수 세기 동안 하나의 선택을 놓고 주저하였어요. 그리고 그 선택이 내려졌고 이젠 돌이킬 수도 없어요. 난 정말 불행해요!" 그 순간, 그녀는 눈물을 흘린다. 그러나 그녀는 그 모습을 내게 숨기려 한다.

더없이 격렬한 열정의 반박에 부딪힌 나는 그녀의 무릎 위로 쓰러진다. 그리고 외친다. "오, 비온데타! 당신은 나의 가슴을 보지 못하고 있소! 그것을 찢는 일은 이제 그만해줘요."

"당신은 날 몰라요, 알바로. 그리고 날 알게 될 때까지 계속 잔인하게 나를 고통에 빠뜨릴 거예요. 마지막으로 한번 나의 가능성을 당신에게 드러내 보여서 당신의 존경과 신뢰를 얻어내야겠어요. 그리고 내가 더 이상 나의 자존심을 상하게 하는 위험한 운명에 노출되지 않도록 해야겠어요. 당신의 예언가들이 나와 너무도 같은 생각을 하고 있어서, 오히려 공포를 느끼게 되는군요. 이 공포는 당연한 것이에요.

당신의 적이자 나의 적이기도 한 소베라노와 베르나딜리오가 그 노파들의 얼굴 뒤에 숨어 있지 않다고 누가 장담할 수 있죠? 베니스의 일을 기억해보세요. 그러니 우리, 그들이 나에게서 도저히 예상치 못할 어떤 경이로움으로 그들의 계략에 대적하기로 해요. 그들이 나를 마라빌랴스로부터 멀어지도록 술책을 부리고 있는 만큼, 난 내일 그곳으로 가겠어요. 거기에는 사람들이 할 수 있는 모든 의심들 가운데 나를 가장 비천하게 만들고 나를 가장 짓누르는 것들이 기다리고 있을 거예요. 하지만 멘시아 부인은 정당하고 존경할 만한 분이에요. 그리고 당신 형님도 고귀한 영혼을 지니고 있지요. 난 그분들의 처분에 나를 맡길 생각이에요. 난 부드러움과 배려와 복종과 인내심을 놀랍도록 발휘할 거예요. 시험에 정면으로 대응하겠어요."

그녀는 잠시 말을 멈춘다. "너 자신을 비하하는 일이 이것으로 충분한가, 불행한 요정이여?" 그녀는 고통스러운 어조로 외친다. 그녀는 말을 계속하려 한다. 그러나 복받치는 울음 때문에 말을 이을 수가 없다.

그 열정의 증언 앞에서, 그 고통의 표현 앞에서, 그리고 그 신중함이 내린 결심과 그 격앙된 감정의 용솟음 앞에서 난 얼마나 감동받았던가! 그녀의 모든 행위가 진정 영웅처럼 느껴졌다. 난 그녀 옆에 앉는다. 사랑스러운 손길로 그녀를 달래려고 애쓴다. 그러나 그녀는 우선 내 손을 물리친다. 잠시 후에 내 손이 아무런 저항을 받지 않게 되었지만, 나는 그것을 다행으로 생각할 수는 없다. 그녀는 숨쉬는 것을 거북해하고, 두 눈은 반쯤 감겨 있다. 몸은 오직 들먹이는 움직임에 방치되어 있을 뿐이고, 수상한 차가움이 피부 전체에 퍼져 있으며, 맥박은 더 이상 느껴지지 않는다. 그녀가 그토록 봇물 터지듯 눈물을 흘리지만 않는다면, 그녀의 육체는 전적으로 생명이 없는 듯이 보일 것이다.

오, 눈물의 권능이여! 아마 그것은 사랑의 모든 특징들 가운데 가장 강력한 것이리라! 나의 의심들, 나의 결심들, 나의 맹세들, 그 모든 것들을 나는 망각하였다. 그 소중한 이슬이 흘러내리는 샘물을 다 마르도록 마시고픈 마음에, 나는 그만 신선하고 달콤한 장미 향기가 결합된 그 입술로 너무나도 가까이 다가가고야 말았다. 나는 그녀의 입술에서 멀어지기를 원했지만, 도저히 그림으로 표현할 수 없는 그 흰빛과 그 부드러움과 그 조화로운 곡선의 두 팔은 나를 빠져나가지 못하도록 꽁꽁 묶어버렸다……

"오, 나의 알바로!" 비온데타가 외친다. "난 승리했어요. 난 이 세상의 모든 존재들 중에 가장 행복해요."

난 말할 기력조차 없었다. 엄청난 흥분 상태에 있었던 것이다. 더 말하자면, 난 부끄러웠고 꼼짝할 수가 없었다. 그녀는 침대 아래로 뛰어내린 다음, 내 옆에 무릎 꿇고 앉는다. 그러고는 나의 신발을 벗긴다. "아니! 비온데타, 당신의 품위를 손상시킬 셈이오……?"

"아, 무정한 사람, 난 당신이 오직 폭군일 때만 당신을 섬겼어. 이젠 애인을 섬기도록 날 내버려둬줘요."

잠시 후에 내 겉옷이 벗겨졌다. 내 머리카락은 정연하게 모아졌고, 그녀의 주머니에서 꺼낸 망사 속에 가지런히 정리되었다. 그녀의 힘, 그녀의 활기, 그녀의 능란함은 내가 내세우려던 장애를 하나같이 모두 극복했다. 그녀는 마찬가지의 민첩함으로 자신의 잠자리 매무새를 가다듬고는 우리를 비추고 있던 촛불을 끈다. 그리고 커튼이 닫혔다.

그러자 그녀는 어떤 감미로운 음악과도 견줄 수 없는 부드러운 목소리로 내게 말한다. "나의 알바로가 내게 주었던 것처럼 나도 그에게 행복을 주었을까? 물론 아냐. 난 여전히 혼자 행복할 뿐이야. 그렇지만 그도 그렇게 될 거야. 난 그렇게 되기를 원해. 난 그를 사랑의 희열로 도취시킬 거야. 그리고 그를 과학적인 지식으로 가득 채울 거야. 내 사랑, 당신은 가장 예외적인 특권을 누리는 사람이 되고 싶지 않아? 나와 함께 인간들을, 우주의 요소들을, 자연 전체를 당신에게 복종시키고 싶지 않아?"

"오, 내 사랑 비온데타." 약간의 저항이 없었던 것은 아니었지만 결국 나는 이렇게 말하고야 말았다. "내겐 당신으로도 충분해. 당신이 나의 가슴에 품어진 소원들을 모두 채워주고 있으니까……."

"아니, 아니." 그녀가 강렬하게 부인한다. "당신에게 비온데타만으로 충분해서는 안 돼. 그건 내 이름이 아냐. 당신이 그 이름을 내게 줬어. 그것이 나를 우쭐하게 해줬고, 난 그것을 기쁘게 간직했어. 하지만 당신은 알아야만 해……. 내가…… 내가 악마라는 것을 말이야. 내 소중한 알바로, 난 악마야……."

황홀경에 몰입시키는 듯한 부드러운 어조로 이렇게 말하면서, 그녀는 내가 하고 싶었던 대답이 내 입 밖으로 새어나오지 못하도록 극도의 정확함으로 자신의 입술로 내 입을 막아버렸다. 침묵을 깰 수 있는 상태가 되자, 즉시 나는 말했다. "내 소중한 비온데타, 당신이 누구이든 간에, 오래전부터 내가 엄숙하게 부인해온 실수를 떠올리는 그 치명적인 이름만은 입에 다시 담지 말아줘."

"아니, 내 사랑 알바로, 아니, 그것은 전혀 실수가 아니었어, 사랑스럽고 귀여운 사내. 난 당신에게 그렇게 믿도록 해야만 했어. 당신을 마침내 분별력 있는 존재로 만들기 위해서는 당신을 속여야만 했어. 당신네 인간들은 진실을 비껴가니까, 당신을 행복하게 만들기 위해서는 당신의 눈을 멀게 하지 않으면 안 되었지.

아! 당신은 원하기만 한다면 정말 행복해질 거야! 난 당신을 완전히 만족시키고 싶어. 사람들이 나를 끔찍하게 만드는 것처럼 내가 그렇게 혐오스럽지 않다는 것을 당신은 이미 인정하고 있잖아."

그 경묘한 장난은 마침내 나를 동요시키기에 이르렀다. 나는 그것을 거절하려 하였지만, 내 감각들에 오른 취기로 인해 나의 의지는 흐트러지고야 말았다.

"아이, 대답해줘."

"참, 뭘 대답해달라는 거요……?"

"무정한 사람 같으니, 당신을 열렬히 숭배하는 이 가슴에 손을 얹어봐. 가능하다면, 내 가슴속의 예민한 감동들 가운데 가장 섬세한 것으로 당신의 가슴이 흥분되도록 말이야. 내 피를 끓게 하는 그 감미로운 불꽃이 당신 피 속으로 조금이나마 흐르도록 놔둬봐. 그리고 사랑을 불러일으키기에 더없이 어울리는 그 목소리를 어디 한번 부드럽게 만들어봐. 소심한 내 영혼을 겁먹게 만들기 위해서만 그 목소리를 사용하지 말고, 응? 할 수만 있다면, 내가 당신에게 느끼는 그 감정을 나만큼 다정하게 내게 말해줘. 내 사랑 베엘제뷔트, 당신을 열렬히 숭배해라고 말이야……."

그 치명적인 이름을 듣자, 그것이 그토록 달콤한 목소리의 속삭임이었음에도 불구하고, 나는 죽음과도 같은 극도의 공포에 사로잡힌다. 놀라움과 경악으로 인한 혼미함이 내 영혼을 짓누른다. 가책의 목소리가 내 가슴 깊숙한 곳에서 소리 없이 외치지만 않았다면, 나는 내 영혼이 소멸되었다고 믿어버렸을 것이다. 그러나 내 감각들의 반항은 그것이 이성에 의해 억제될 수 없는 만큼 더 절대적으로 끈질기게 남아 있다. 그로 인해 나는 아무런 방어책도 없이 나의 적에게 나 자신을 내맡긴다. 그는 자신의 손아귀에 들어온 나를 쉽게 정복한다.

내 과오의 공모자이기보다는 그것을 촉발시킨 장본인이라고 해야 할 그는 내게 자신으로 돌아와 반성할 시간을 일체 주지 않는다. 그는 이젠 내게 익숙해진 그 어조를 뚜렷하게는 변화시키지 않으면서 말한다. "우리의 일이 이제 다 정리되었어. 당신이 날 찾아왔고, 난 당신을 따라와 섬기고 아꼈어. 결국 난 원하는 것을 다 했어. 당신을 소유하고 싶었거든. 그렇게 되기 위해서는 당신이 스스로를 내게 완전히 내맡겨야만 했어. 처음에는 당신 마음에 들기 위해서 몇몇 계략들이 필요했던 것 같아. 하지만 두 번째 경우에는, 나 스스로 내 이름을 불렀지. 당신은 자신이 누구 수중에 넘겨지는지를 알고 있었으니까, 자신의 무지를 내세울 수는 없을 거야. 알바로, 우리는 이제 끊을 수 없는 매듭으로 결합되었어. 하지만 우리의 관계를 더욱 굳건하게 하기 위해서는 서로를 더 잘 아는 것이 중요해. 내가 당신을 거의 완벽하게 알고 있는 만큼, 우리의 특권이 상호적인 것이 되기 위해서는 내 원래의 모습을 그대로 당신에게 보여줘야겠어."

그는 그 기이하고도 지루한 장광설에 대해 깊이 생각할 시간을 내게 주지 않았다. 아주 날카로운 휘파람 소리가 바로 내 옆에서 새어 나왔다. 그 순간, 나를 둘러싸고 있는 어둠이 사라지고, 방 벽면의 장식판 위로 솟아 있는 천장의 돌출부가 온통 굵은 달팽이들로 가득하다. 좌우로 격렬하게 움직이는 그 뿔들이 형광빛을 뿜어내자, 그 섬광과 그 효과는 그것들이 흔들리거나 길게 뻗을 때마다 배가되었다. 그 급작스러운 빛에 눈이 부셔서 나는 옆으로 시선을 돌린다. 그런데 그 황홀하던 모습 대신에 내가 뭘 보고 있는가? 오, 하느님! 그것은 바로 그 끔찍한 낙타 머리가 아닌가! 그것은 동굴에서 나를 그토록 두려움에 떨게 했던 그 신비로운 케 부오이를 우레와 같은 목소리로 또박또박 외치고는, 더욱더 소름끼치는 사람 웃음을 터뜨리면서 어마어마하게 긴 혀를 내민다⋯⋯.

나는 허겁지겁 뛰어내려, 눈을 감고 얼굴을 바닥에 파묻은 채 침대 밑에 숨는다. 심장은 견딜 수 없을 정도로 격렬하게 뜀박질한다. 너무도 숨이 막혀 호흡이 멎을 것만 같다.

형언할 수 없는 상황 속에서 내가 보낸 그 시간이 실제로 얼마나 길었는지 추정할 수 없다. 누군가 팔을 잡아당기는 것을 느낀다. 나의 공포는 더욱 커진다. 그러나 눈을 뜨지 않으면 안 되었고, 강렬한 빛 때문에 눈이 부시다.

그것은 달팽이들이 내뿜는 빛이 아니었다. 천장의 돌출 부분에는 더 이상 그 소름 끼치는 벌레들이 없었다. 그러나 정오의 태양이 내 얼굴 위로 내리쬐고 있었다. 다시 내 팔을 잡아당긴다. 이제 손은 나를 더 세게 당긴다. 마르코스였다.

"어유, 기사님, 도대체 몇 시에 떠날 생각이세요? 오늘 마라빌랴스에 도착할 계획이시라면, 이러고 있을 시간이 없습니다. 정오가 다 되었습니다요."

나는 말없이 우두커니 앉아 있었다. 그가 나를 유심히 쳐다본다. "아유, 나리도 참! 옷을 입으신 채로 침대 위에서 밤을 지내셨군요. 그러니까 한 번도 깨어나신 적도 없이 열네 시간을 그렇게 보내신 겁니까? 몹시도 피곤하셨던 모양입니다. 마님께서 그걸 짐작하셨던 거지요. 나리를 불편하게 할까 봐 걱정되셨던지, 저의 친척 아주머니 한 분과 함께 밤을 보내셨지요. 그래도 마님께서는 나리보다는 더 부지런하시더군요. 날이 새자마자 나리의 마차가 준비되도록 명령을 내리셨지요. 나리께서는 지금 당장이라도 마차에 오르실 수 있습니다. 하지만 마님은 여기에 안 계십니다. 저희들이 튼튼한 암노새 한 마리를 드렸습죠. 아침 공기가 아직 신선할 때 길을 떠나기를 원하시더군요. 앞서 떠나셨으니까, 여기서 가장 가까운 마을 어느 모퉁이에서 나리께서 지나가시기를 기다리고 계실 겁니다."

마르코스가 나간다. 나는 기계적으로 눈을 비빈다. 그리고 내 머리카락을 감싸고 있을 망사를 벗기 위해 머리 위로 손을 가져간다. 머리에는 아무것도 없고, 머리카락은 어지럽게 흐트러져 있다. 그러나 양쪽으로 땋아내린 머리 모양은 그 전날 상태 그대로이며, 장미꽃 모양의 8자 매듭 또한 그대로 끝에 달려 있다. 나는 혼자 속으로 중얼거렸다. 내가 과연 잠을 잔 것일까? 내가 정말 잠을 잤던가? 차라리 그 모든 것이 한낱 꿈이었다면 내가 오히려 행복할까? 난 그녀가 불을 끄는 것을 보았다…… 그녀가 불을 끈 거야…… 그녀였어…….

마르코스가 다시 들어온다. "식사를 하실 생각이시면, 나리, 준비가 되었습니다. 나리의 마차에도 마구가 다 채워져 있굽쇼."

나는 침대에서 내려온다. 바닥에 발을 딛고 겨우 서자마자 오금이 접혀진다. 음식을 좀 먹으려 했으나 불가능하다. 그래서 농부에게 감사의 뜻을 표시하고 그가 지출한 비용에 대해 보상하려 하지만, 그가 거절한다.

"마님께서 충분히 주셨습니다. 정말 고귀하신 아량을 베푸셨지요. 나리나 저는 모두 선량한 아내를 둔 것 같아요."

그 말에 아무런 대꾸도 하지 않고 나는 좌석에 오른다. 마차가 길을 떠난다.

내 머릿속이 얼마나 혼란스러웠는지를 묘사하지는 않을 것이다. 그 혼란이 얼마나 극도에 달했던지, 어머니가 처해 있을 위험에 대한 생각이 그저 어렴풋하게 떠오를 뿐이었다. 눈은 멍하니 초점을 잃고 입은 헤벌어진 나의 모습은 인간이 아니라 차라리 자동인형 같았다.

마부가 나를 깨웠다. "기사님, 이 마을에서 마님을 찾아야 합니다요."

난 그에게 아무런 대답도 하지 않는다. 우리는 집이 드문드문 있는 촌락을 통과하고 있었다. 그는 집집마다 그러저러한 옷을 입은 한 젊은 부인을 보지 못했는지 묻는다. 모두 그녀가 머문 적이 없다고 대답했다. 그는 마치 내 얼굴에서 걱정의 표시를 읽으려는 듯 연방 뒤돌아본다. 그가 그 일에 대해 나보다 더 많은 것을 알고 있지 않았다면, 아마도 그에게는 내가 꽤 당황하고 있는 듯이 보였을 것이다.

우리는 그 마을을 떠났다. 그리고 나는 내 공포의 실제적인 대상이 적어도 당분간은 멀어졌을 것이라고 은근히 기대하기 시작했다. 난 생각했다. 아! 내가 돈나 멘시아에게 다가가 무릎 꿇을 수 있게 되었을 때, 내 존경하는 어머니의 보호를 받을 수 있게 되었을 때, 나를 악착스레 따라다니는 유령들이여, 괴물들이여, 너희들은 그래도 감히 그 피신처를 범할 수 있을 것인가? 거기서 나는 본성에서 우러나오는 감정들뿐만 아니라, 그동안 내가 멀어져 지냈던 유익한 원칙들까지 모두 되찾을 수 있으리라. 난 그것들로 너희들에 대항하는 성벽을 쌓으리라.

그러나 나의 방탕한 생활이 야기한 슬픔으로 인하여, 내가 나의 수호천사를 잃어버렸다면……. 아! 오직 그녀의 원수를 나 자신에게 갚기 위해서만 살고 싶구나. 수도원에 칩거하리라…….

하! 그러나 그곳에선들 과연 누가 내 머릿속에 들어 있는 악몽들로부터 나를 해방시켜줄 것인가? 성직자 신분을 택하기로 하자. 매력적인 성(性)이여, 난 그대를 포기해야 하리. 지옥의 애벌레 한 마리가 내가 우상처럼 숭배했던 모든 매력들을 띠었던 것일 뿐. 그대의 모습에서 내 가슴을 더없이 뭉클하게 하는 무엇이 있다면, 그것은 내가 차마 이름을 부르지 못하는 그 존재를 내 기억에 떠올리는 것이리라…….

이런 생각들에 깊이 잠겨 있는 동안, 마차는 어느덧 성의 큰 마당 안으로 들어갔다. 한 목소리가 들려온다. "알바로

다, 내 아들이야!" 나는 위를 올려다본다. 그리고 발코니에 서 있는 어머니의 모습을 알아본다.

그 순간에는 어떤 것도 내가 느끼는 감정의 강렬함, 그 애정 어린 부드러움과 필적하지 못한다. 내 영혼이 다시 태어나는 듯한 느낌이다. 힘이 한꺼번에 다시 솟아오른다. 나는 달려간다. 나를 기다리고 있는 그 품속으로 날아가다시피 한다. 아! 나는 두 눈이 눈물로 흠뻑 젖은 채, 흐느낌으로 인해 군데군데 끊어지는 목소리로 외쳤다. 어머니! 내 어머니! 제가 어머니를 죽인 것이 아니죠? 어머니께서는 저를 당신의 아들로 인정하실 건가요? 아! 어머니! 저를 품에 안아주세요…….

나를 흥분시킨 그 열정, 내 행동의 격렬함이 얼마나 나의 표정과 목소리를 변화시켰던지 돈나 멘시아가 불안을 느꼈다. 그녀는 자애로운 마음으로 나를 일으킨 다음, 다시 껴안고는 의자에 앉힌다. 나는 말하고 싶었다. 그러나 그것은 불가능하였다. 나는 그녀의 손에 눈물로 흥건한 내 얼굴을 파묻고는 지극히 흥분된 입맞춤을 퍼부었다.

돈나 멘시아는 놀란 표정으로 나를 바라본다. 그녀는 내게 틀림없이 아주 특별한 일이 일어났다고 상상하는 것이다. 그녀는 심지어 내 이성에 약간의 이상(異常)이 있는 것은 아닌지 걱정하기까지 한다. 그녀의 시선 속에는 불안, 호기심, 인자함, 애정이 엿보였다. 선견지명과 신중함으로 그녀는 길고도 험한 여정에 지친 여행객의 욕구를 채워줄 수 있는 모든 것들을 나를 위해 가져오도록 배려했다.

하인들은 나를 위해 식탁을 차리기에 바쁘다. 나는 그들의 성의에 대한 답으로 목을 조금 축일 뿐이다. 나의 멍한 시선은 형님을 찾는다. 그를 보지 못하는 것에 몹시 불안해져서 이렇게 말한다. "어머니, 존경하는 돈 환은 어디에 있습니까?"

"그대가 여기 있다는 사실을 알면 그가 몹시 기뻐할 것이오. 그대에게 마드리드로 오도록 편지를 쓴 자가 바로 그였으니 말이오. 하지만 그 편지를 쓴 곳이 마드리드였고, 이제 겨우 며칠밖에 되지 않았어요. 그래서 우린 그대가 이토록 빨리 오리라고는 기대하지 않고 있었다오. 왕이 그를 인도의 총독으로 임명하였어요. 이제 그대는 그가 지휘하고 있던 연대의 연대장이 되었어요."

"하느님 맙소사!" 나는 외쳤다. "내가 꾼 그 끔찍한 꿈속의 모든 것이 다 거짓이었단 말인가? 말도 안 돼……."

"어떤 꿈을 말하는 거요, 알바로……?"

"우리가 꿀 수 있는 꿈 중에 가장 길고 가장 놀랍고 가장 끔찍한 것이었어요." 자존심과 수치심을 억누르면서 나는 포르티치 동굴 속에 들어간 이후로 그녀의 무릎을 껴안을 수 있게 된 순간까지 벌어진 일을 상세하게 이야기했다.

훌륭하신 그 여인은 특별한 관심과 인내심과 아량을 가지고 내 이야기에 귀 기울였다. 내가 나의 과오가 얼마나 큰 것인지를 알고 있었던 만큼, 그녀는 나에게 그것을 과장할 필요는 없다는 것을 알아차린 것이다.

"내 사랑하는 아들, 알바로, 그대는 신기루를 뒤쫓아 다녔어요. 그리고 바로 그 순간부터 그대는 허구들에 둘러싸였던 거지요. 내 몸이 불편하고 그대의 형님이 분노했다는 소식으로 판단해보세요. 그대는 베르타가 그대에게 그 소식을 전해주었다고 믿고 있지만, 그 사람은 얼마 전부터 불구가 되어 몸져누워 있답니다. 난 그대에게 연금 외에 베니스 금화 2백 냥을 보낼 생각을 한 번도 한 적이 없어요. 오히려 난 그대가 나의 후한 선물을 잘못 이해하여 무분별한 생활을 하거나 방탕에 빠지지는 않을까 염려했을 거예요. 게다가 정직한 마구간 총책임자 피미엔토스는 여덟 달 전에 사망했어요. 그리고 메디나-시도니아 공작은 스페인을 통틀어 그대가 가리키는 그곳에 한 치의 땅도 소유하고 있지 않아요. 난 그를 잘 알고 있거든요. 그리고 그 농가와 주민들도 모두 그대가 꾼 꿈이었어요."

"아, 어머니! 저의 마차를 몰았던 노새 몰이꾼도 저처럼 농가를 보았어요. 결혼식에서 춤도 추었는걸요."

나의 어머니는 그를 데려오도록 명령한다. 그러나 그는 노임도 요구하지 않은 채, 도착하자마자 곧장 마차에서 노새를 풀었다고 한다.

그가 그렇게 아무런 흔적도 남기지 않고 서둘러 도망갔다는 사실은 어머니를 또 다른 추측으로 몰아갔다. 그녀는 마침 그곳을 지나가던 한 시동에게 명령한다. "누녜스, 대(大) 케브라쿠에르노스* 선생에게 내 아들 알바로와 내가 여기서 기다리고 있다고 전하게."

그녀는 말을 계속 이었다. "살라망카 대학의 박사예요. 내가 신뢰하고 있는 분이지요. 그럴 만한 자격이 있어요. 그대 또한 그를 신뢰해도 괜찮을 거예요. 그대의 꿈의 마지막 부분에서 나를 당황하게 하는 사항이 하나 있어요. 케브라쿠에르노스 선생이 그와 관련된 항목들을 잘 알고 있으니, 그 의미를 나보다 훨씬 더 잘 정의해줄 거라오."

대 케브라쿠에르노스 박사는 곧 도착했다. 그는 말을 꺼내기도 전부터 벌써 거동에서 위엄을 보이고 있었다. 어머니는 내게 나의 방심으로 인한 경박한 행동과 그로 인한 귀

---

* 스페인어를 그대로 풀어서 이해할 때, 케브라쿠에르노스(Quebracuernos)는 '뿔을 부러뜨리는 자'를 의미한다. 마지막으로 도덕적인 교훈을 내리는 이 대학자의 이름은 성스러운 은총이 악마의 모든 사악한 시도들을 물리친다는 것을 암시한다.

결들을 그 앞에서 다시 고백하게 하셨다. 그는 놀람과 긴장 속에서 나를 한 번도 중단시키지 않고 내 이야기에 귀 기울였다. 이야기가 끝났을 때, 그는 잠시 명상에 잠긴 다음, 이렇게 말문을 열었다.

"알바로 나리, 나리께서는 한 남성이 자신의 실수 때문에 처할 수 있는 가장 심각한 위험에 부딪치셨던 것이 틀림없습니다. 나리는 고약한 혼령을 선동하셨고, 일련의 무분별한 행동들을 통하여, 그가 나리를 속이고 급기야는 파멸시키기 위해 필요로 하는 모든 눈속임을 자행할 수 있도록 빌미를 제공하셨습니다. 나리의 모험은 실로 놀랍기 짝이 없습니다. 보댕의 『마법사들의 악마광증』이나 베케르의 『마법에 빠진 세상』* 속에서도 이와 유사한 것을 읽어본 적은 없습니다. 위대한 학자들이 그러한 책을 쓴 이래로 오늘날에 이르기까지, 우리의 적은 인간들이 서로를 타락시키기 위해

---

* 이 두 작품은 장 보댕(Jean Bodin)의 『주술사들의 악마광증La Démomanie des sorciers』(1580)과 발타자르 베케르(Balthasar Bekker)의 긴 제목의 책, 『마법에 걸린 세상, 혹은 혼령들과 그들의 본성, 권능, 집행과 작업들에 관계하고, 인간이 소통과 덕성을 통하여 생산할 수 있는 효과들에 관계하는 공통된 감정들에 대한 검토. 4부작 Le Monde enchanté, ou Examen des communs sentiments touchant les esprits, leur nature, leur pouvoir, leur administration et leurs opérations et touchant les effets que les hommes sont capables de produire par leur communication et leur vertu, divisé en quatre parties』(1694)을 암시하고 있다.

만들어낸 계략들을 차용함으로써 그 공격 방법에 있어 놀랍게도 교묘해졌다는 사실을 우리는 인정해야 합니다. 그는 자연을 충실하게 그리고 선택적으로 복제합니다. 그는 사람들의 마음에 들 만한 재능들을 동원하고, 아주 꾀바르게 계획된 축제를 열고는, 열정으로 하여금 가장 유혹적인 언어를 말하도록 하지요. 그는 심지어 덕성도 어느 정도 수준까지 모방합니다. 이러한 사실을 깨달은 이후 저는 세상에서 벌어지는 많은 일들을 훤히 들여다볼 수 있게 되었습니다. 이곳에 앉아서, 포르티치 동굴보다도 더 위험한 동굴들이나, 불행하게도 스스로 악마에 신들렸다는 사실을 짐작하지 못하는 많은 광인들까지도 잘 볼 수 있지요. 현재와 장래에 대해 신중을 기하신 나리의 현명한 판단을 미루어 볼 때, 저는 나리께서 완전히 악마로부터 벗어나셨다고 믿습니다. 그리고 나리의 적이 후퇴했다고 확신합니다. 그는 나리를 유혹했습니다. 사실이에요. 그러나 그는 나리를 타락시키지는 못했습니다. 나리의 의지와 가책이 나리에게 비범한 은총의 도움을 받을 기회를 온전히 남겨두었던 것입니다. 그렇게 해서, 악마가 주장하는 자신의 승리와 나리의 패배는 나리께도 그에게도 한낱 착각에 불과했던 것입니다. 나리께서는 회개를 통하여 그것을 말끔히 씻으실 수 있을 것입니다. 악마로 말하자면, 그의 후퇴는 어쩔 수 없는 숙명이었습니다.

그러나 그가 얼마나 교묘하게 그것을 은폐할 줄 알았는지, 그리고 나리께서 틈만 보이신다면 언제든지 새로이 공격할 수 있기 위해 떠나면서 나리의 정신에 동요를 남기고 나리의 가슴에 내밀한 소통의 가능성을 남기는 데 얼마나 능숙했는지 찬미하세요. 나리에게 원하시는 만큼 얼마든지 아름다움에 넋을 잃게 만든 다음, 자신의 흉측한 모습을 그대로 나리께 보일 수밖에 없게 되자, 그는 미리 반항을 계획하는 노예처럼 순순히 운명을 따른 것입니다. 그러나 그는 이치에 합당하고 분명한 어떤 생각도 나리께 남겨놓기를 원하지 않았습니다. 그래서 무시무시한 것에 기괴한 것을 섞고 자신의 소름 끼치는 머리를 끔찍하게 노출시키는 동시에 빛을 발하는 달팽이들을 동원하여 위기감을 불러일으키며, 진실과 거짓이 혼합된 모호함과, 휴식과 각성 사이의 비몽사몽의 상태를 조작하게 된 것이지요. 나리의 혼동된 정신은 아무것도 분간할 수 없게 되고, 나리에게 강한 충격을 주었던 환영이 자신의 간교함의 효과가 아니라 나리의 뇌에서 발산되는 체기(體氣)가 촉발한 꿈이라고 믿도록 말입니다. 그러나 그는 나리를 잘못된 길로 들어서게 하기 위해 오랫동안 사용하였던 그 매력적인 유령에 대한 생각을 분리시키는 세심함도 잊지 않았습니다. 나리께서 그에게 약간의 틈이라도 보이신다면, 그는 그 생각을 나리 가까이 떠돌게 만들 것입니다. 그러나 제 생각으로는, 수도원이나 혹은 저희들의 신분이 갖는 방벽이 나리께서 그에 대항하여 쌓아야 할 울타리가 되지는 않을 듯싶습니다. 나리의 소명은 아직 충분히 결정되지 않았습니다. 자신의 경험을 통하여 지식을 쌓은 사람들이 이 세상에는 필요합니다. 제 말씀을 믿으십시오. 한 여성과 합법적인 관계를 맺으세요. 나리의 훌륭하신 어머니께서 그러한 선택을 도와주실 것입니다. 그리고 나리와 결합하게 될 여성이 천상의 매력과 재능을 지니고 있다 할지라도, 나리께서는 그분을 악마로 취급하려는 유혹에 빠져서는 안 될 것입니다."

근대 악마의 운명
─ 욕망의 복권에서 새로운 은폐로

최애영

카조트의 『사랑에 빠진 악마』*는 18세기 후반의 프랑스 문학 경향을 집약하고 있을 뿐만 아니라 환상문학이라는 새로운 장르의 탄생을 프랑스 문단에 알리는 획기적인 작품으로 평가되고 있다. 이와 같은 문학사적 입지로 말미암아, 이 작품을 감상하는 데 그 역사적 배경을 이해하는 것은 매우 중요한 열쇠가 될 것으로 여겨진다. 그러니 이 작품을 감상하는 한 방법으로 그 배경을 먼저 살펴본 다음, 그것이 이

---

* 이 작품의 공식 출판 연도는 1772년이다. 번역은 그의 생애 마지막 판본인, 1788년 런던에서 출판된 『익살스럽고 교훈적인 작품들』 제7권의 텍스트를 대상으로 했다. 이것은 1776년 파리와 암스테르담에서 같은 제목으로 출판된 전집의 텍스트와 아주 미미한 차이를 보일 뿐이다.

작품 속에서 어떻게 구현되며, 이 속에서 창출되는 미학적, 정서적 효과와 어떤 관련이 있는지 살펴보기로 하자.

I

우리는 제목을 통해 이 소설의 주인공이 '악마'라는 사실을 단번에 짐작할 수 있다. 문제는 이 허구의 산물이 서구인들의 상상 세계 속에 매우 깊이 뿌리 내리고 있는 어떤 정서적 결정체라는 사실에 있다. 그런 만큼, 악마가 환상 장르의 태동을 알리는 상상적 존재로서 문학의 중심에 서기까지의 역사 또한 길다.

중세인들에게 악의 화신으로서 맹위를 떨쳤던 악마는 신출귀몰할 수 있는 능력을 지니고 세상을 배회하면서, 인간을 유혹하고 타락시키기 위해 기회를 엿보는 실제적인 존재였다. 사람들은 때때로 소극(笑劇)을 통해 악마를 희화시킴으로써 이 상상적 존재에 대한 불안을 표출시킬 수 있는 지혜를 갖고 있었다. 그러나 악마는 근대로 들어서면서 강렬한 공포의 대상으로서 거듭 태어나게 된다.

가톨릭 교회는 중세에서 근대로 넘어가는 과정에서, 다양한 이교도 사상들의 영향으로부터 교리의 순수성을 보존하고 체제를 보호하기 위한 정치적 방편으로 종교재판 제도를 만들었고, 특히 15세기 말부터는 마법을 악마의 사주를 받는 명백한 종교적 범죄로 공식적으로 규정하면서 '마녀사냥'에 대대적으로 나섰다. 잔혹한 마녀재판의 광경은 상상력이 풍부한 자들에 의해 묘사되었고, 그러한 문서들은 인쇄술의 발달에 힘입어 보부상들에 의해 각 지역으로 전파되어 '공포문학'이라는 새로운 형태의 문학기류를 형성하기까지 했다. 그리고 부풀려진 소문에 휩싸인 민중은 악마에 대한 상상으로 전례 없는 두려움에 떨었고, 불안한 분위기는 악마가 들렸다고 믿는 허약한 정신들을 양산하며 마녀재판을 확대 재생산했다. 16, 17세기는 자유의지와 합리적 이성에 대한 인식을 토대로 근대철학의 입지가 마련된 시대였을 뿐만 아니라, 악마라는 초자연적 존재에 대한 담론이 대량으로 생산되면서 그것에 대한 집단 공포가 조성되고, 악마와의 계약이라는 새로운 형태의 '악마 신화'가 제조된 시대이기도 했다.

그러나 악령이 들렸다고 주장하는 사람들의 헛소리에 2차적인 상상과 과장까지 덧붙여져, 악마에 대한 두려움으로 인한 집단 히스테리 현상은 그것의 실체를 증명하기보다 오히려 그러한 담론의 진실성에 대해 의혹을 품게 했다. 이를 계기로 악마는 합리적 이성의 잣대로 판단되어, 이성과는 별개의 상상 세계로 격리된다. 그리고 가톨릭 교권에 대항하여 합리적 이성을 인식의 도구로 내세우던 18세기 계몽주의 철학자들은 악마가 고대 그리스나 오리엔트에서 수입된 개념이라는 사실을 밝혀냄으로써 이 단어에서 가톨릭 색채를 제거하는 데 기여했다. 악마가 탈신비화되고 있다는 흥미로운 증거는 17세기 말부터 특히 18세기 전반, 어떤 권능도 지니지 않은 불구의 악마가 주인공으로 등장하는 일련의 문학작품들에서 찾아볼 수 있다. 악마가 공포의 대상이 아니라 문학의 테마로 등장하기 위해서는 악마의 존재에 대한 회의(懷疑)가 선행되고, 서구인들의 상상 세계 속에서 그것이 인간을 타락시키는 절대적 권능을 지녔다는 믿음이 일단 사라져야만 했던 것이다.

II

그렇다면 18세기 후반에 등장한 카조트의 악마가 이전 문학의 것들과 무슨 차이가 있으며, 그것은 어떤 새로운 미학적 효과를 생산했을까?

가톨릭 교리를 정점으로 하는 중세적 가치관과 단절을 이룩하는 데 결정적으로 기여했던 합리적 회의정신은 18세기 후반에 접어들면서 역설적으로 이성의 절대성에 대해 회의하고 그 한계를 부각시키는 사조들을 낳고, 급기야는 이성

자체에 대해 회의를 품는 신비주의가 기승을 부리는 여지까지 제공하기에 이른다. 다른 한편으로는 유물론적 감각론에 입각하여 '무도덕주의'와 자기중심적 쾌락지상주의를 표방하던, 개인의 절대 자유에 대한 의문이 제기되고, 감각적 쾌락보다 감정적 깊이의 우월성과 정숙함의 필요성을 각성시키려는 경향이 대두했다. 이처럼, 이성의 합리적, 논리적 판단과 이성적, 도덕적 실천 사이의 긴장 속에서, 악마를 중심인물로 내세우는 전혀 새로운 형태의 작품이 등장했다는 사실은 의미하는 바가 크다. 한때 합리적 이성에 의한 탈신비화의 대상으로서 비합리적, 초자연적 존재로 인식되어왔던 악마는 또한 육체적 탐욕으로 타락시키는 유혹자로서 오래전부터 서구 상상계의 중심을 지켜왔다는 점에서 자유의지의 이성적 절제를 위협하는 '비이성적'인 존재적 힘을 상징한다고 할 수 있기 때문이다.

프랑스의 문학비평가 막스 밀네르는 이 작품이 당대의 기대지평을 "포괄하는 동시에 넘어서고 있다"라는 의미심장한 지적을 한 바 있다. 그에 따르면, 그 시대의 독자들은 명랑하고 참신하고 장난기 넘치는 이 작품이 어떤 '도덕적 목표'를 지니고 있다고 보았으며, 그것은 그들의 '성향에 건네지는 유혹에 저항하게 하는 원칙들'을 강화하는 데 있다고 생각했다. 먼저, 우리는 이 작품의 경쾌한 어조에서, 악마의 치명적인 유혹에 대한 미신과 두려움이 불식되었고 그것이 육체적 욕망을 환기시키기 위한 상상적 표현도구로 통용되기에 이르렀다는 증거를 보게 된다. 그러나 카조트는 더 나아가, 악마를 중심에 놓고 욕망에 대한 유혹과 절제의 중요성을 대립시킴으로써 그 시대의 자유연애사상에 새로운 뉘앙스를 드리우고 있다. 이것은 욕망이 복권된 후에 다시 억제되어야 할 필요성이, 그러니까 적당히 은폐되어야 할 필요성이 새로이 대두된 상황을 반영한다고 할 수 있다.

그 시대의 도덕적, 미적 가치관에 대한 이 작품의 위상은 그것이 수정되고 완성되기까지의 배경을 설명해주는 후기에서도 잘 드러난다. 작가에 따르면, 당시 독자들은 초본에서처럼, 주인공이 악마의 유혹에 패배하는 순간에 이야기가 급작스럽게 마감됨으로써 상상하는 즐거움이 단숨에 박탈되는 것을 원하지도 않았지만, 그다음의 수정본에서처럼 그가 악마의 희생물이 되어, 있을 법하지 않은 온갖 공상적인 모험의 수렁에 빠져 도덕적으로 타락해버리는 것도 원하지 않았다. 그러한 상이한 요구들과 타협하기 위해, 그는 미덕과 쾌락 사이의 갈등에 주안점을 두는 당대의 사실주의적 문학기류에 충실하면서도 독자들에게 상상의 여운을 남겨야 할 필요성을 느꼈다.

그 결과, 주인공이 어느 정도는 악마의 유혹에 빠져들면서도 결코 그의 명예가 완전히 훼손되지는 않도록 두 번의 수정을 거친 끝에 탈고된 최종 텍스트는 이야기 전체의 모호한 흐름을 통해, 사건의 진위를 되묻는 묘한 즐거움을 독자들로 하여금 맛보게 한다. 이것은 그 시대의 기본 사유원칙이었던 '회의(懷疑)'에 기댄 새로운 미학이었다. 작가 자신도 미처 깨닫지 못하는 사이에, 그의 작품은 이성의 합리성에 회의를 던지는 '지적 불확실성'의 미학적 효과를 겨냥하는 환상문학이라는 새로운 장르의 탄생을 알리고 있었다.

이러한 미학적 특성은 카조트가 만들어낸 악마의 이미지에서도 잘 드러난다. 실패를 거듭하는 무기력하고 희극적인 존재로 그려지던 그전의 악마들과는 달리, 그는 강력한 유혹의 권능을 소유한 두려운 중세적 악마의 이미지를 복원하고 그 위에 아주 청순하고 아름다운 여성의 이미지를 겹으로 댄다. 추악한 낙타 머리에서 앙증맞은 흰 암캉아지로, 다시 아름답고 청순하고 순종적인 이미지 아래 강렬한 욕망을 품고 있는 교활한 비온데타로의 변신은, 인과관계에 근거한 논리적 사고를 담당하는 합리적 이성에게는 몹시 혼란스러운 현상이다. 뿐만 아니라, 청순함의 극치를 보이는 표면적인 이미지는 너무도 강력한 설득력을 갖는 나머지, 이전 이미지들의 실제성과 이면에 숨어 있는 교활함에 대해 회의마저 품게 한다.

게다가 비온데타의 이중성은 초자연적인 신비를 태생의 근원에 두고 있으면서도 이성의 목소리를 낼 수 있다는 데까지 이어진다. 어머니가 심어준 도덕적, 종교적 의무를 지키기 위해 그녀의 유혹에 저항하는 알바로에게, 사랑이 반드시 육체적 결합으로 이어져야 한다는 당위성을 설득시키는 그녀의 논리는 너무도 정연하다. 어머니를 존경하는 것은 인간의 본연에 속하지만, 사랑하는 두 마음의 결합은 육체적 결합으로 이어져야 하며, 그것도 오직 당사자들의 의지에 의해서만 결정되어야 한다는 주장, 알바로와 사랑하기 위해 정령의 세계를 떠나 육체를 갖고 물리적 법칙의 지배를 받는 여성이 되어버린 공기요정임을 자처하는 그녀의 주장은 육체(혹은 물질)의 에너지를 근간으로 하는 당시의 유물론적이고 감각론적인 가치체계를 흥미롭게 반영하고 있다. 이러한 세계관은 모든 초월적 권위를 부정하고 개인의 자유의지가 존중되어야 한다는 주장과 함께 그 시대에 널리 확산된 생각이라고 할 수 있다. 그러나 비온데타의 존재를 통해 끊임없이 발산되는 고혹적인 매력은 이제는 아득해져버린 중세적 정서를 기억에서 들춰냄으로써, 이미 탈신비화되고 회의주의가 팽배해진 의식에 혼돈을 유발하여 독자들을 기이하고 불안한 느낌 속으로 몰아넣기에 충분하다.

여기에 알바로의 성격이 모호함의 환상적 효과를 한층 더 강화시킨다. 알바로는 지식욕에 불타오르는 스페인 혈통의 젊은 귀족 청년으로서, 호기심이 그의 가장 강렬한 열정이며 아무런 선입관 없이 오직 경험을 통해서만 진위를 가리고자 하는 회의주의자이자 경험주의자이다. 그의 정신은 오직 자신이 "실존하고 있다는 사실" 외ㅡ데카르트의 패러디를 듣는 듯하다ㅡ정령에 대해서는 어떤 것도 아는 바가 없다고 고백한다. 그가 알고 있다고 자신 있게 말할 수 있는 것은 기껏해야 놀음이나 여관 등, 실생활에서 통용되는 1카를랭의 가치가 얼마인지 정도일 뿐, 그것들에 가해질 수 있는 수정이나 작용의 '본질'에 대해 그는 아무것도 긍정도 부정도 할 수 없다.

알바로가 비온데타의 정체를 알고 있으면서도, 그녀의 유혹과 이에 대한 그의 저항, 그리고 동시에 그녀에게 끌리는 그의 욕망 사이의 묘한 긴장관계를 마지막 파국의 순간까지 연장할 수 있는 것도 바로 그 회의 때문이다. 그녀가 자객의 습격으로 사경을 헤매고 있는 동안, 그녀의 정체에 대해 의심을 품었던 것에 대한 심한 죄책감 속에서 홀로 되뇌던 독백의 결론은 회의의 극치를 보여준다ㅡ"가능한 것은 어디에 있으며 불가능한 것은 또 어디에 있는가……?" 실제와 비실제, 가능성과 불가능성 사이의 경계 자체에 대한 회의로까지 이어지는 그의 상념은 결국 그녀의 정체에 대한 자신의 의심에 다시 회의를 불러일으킴으로써 그녀에 대한 자신의 열정을 정당화하게 된다. 이성의 이름으로 행해지던 추론이 실은 미처 깨닫지 못하는 사이에, 그러니까 무의식적으로 욕망에 봉사할 수 있다는 사실이 극명하게 드러나는 순간이다.

III

그렇다면, 그토록 강력하게 저항해야 하면서도 결코 포기하지 못하는 그 욕망의 정체는 과연 무엇일까? 이 질문은 악마가 탈신비화되어버리고 욕망과 쾌락 추구가 당연한 권리가 되어버린 시점에 이르러 새삼스럽게 욕망과 쾌락이 악마의 탈을 쓰고 등장하게 되는 이야기 구조와 밀접한 관련이 있다. '무의식적'이라는 단어도 나왔으니, 이 문제를 정신분석적인 입장에서 접근해보기로 하자. 더구나 프로이트는 독일어 단어, 'das Unheimliche'가 지니는 독특한 의미 파장을 추적한 끝에, 고전주의 미학과는 구분되는 새로운 미학 개념을 제시했다. 흥미롭게도 그는 호프만의 환상소설 『모래 사나이』의 분석을 통해 묘하게 불안하거나 두려운 감정을, 억압된 것이 회귀해오는 순간을 가리키는 정서적 표시로 설명했다. 현실원칙에 따라 억압되어야 할 운명에 놓인 무의식적, 태곳적 욕망은 또한 합리적 이성이 접근할 수 없다는 점에서 악마의 운명과 유사성을 지닌다. 이제 비온 데타의 환상적 등장으로 촉발된 알바로의 욕망이 처한 운명이 무엇을 의미하는지, 그의 모험의 몇몇 순간들을 징검다리 삼아 되짚어보자.

애초에 알바로가 뛰어든 모험의 성격 자체가 이미 이성의 견고한 토대 위에 서 있지 않았다는 점에 유의하자. 그가 선배 동료 소베라노를 통해 얻고자 한 지식은 합리적 과학이 아니라 이성의 한계를 넘어서는, 다시 말해 상상계에 속하는 마술적 지식이었다. 소베라노라는 이름이 스페인어로 주인, 지배자 혹은 주군을 의미한다는 사실을 통해 텍스트의 흐름 속에서 그에게 맡겨진 무의식적인 임무를 짐작할 수 있을 듯하다. 사실 그가 알바로를 데리고 포르티치 폐허의 동굴로 함께 갔던 것은 진정으로 그 철없는 애송이에게 신비술을 전수하기 위한 것이 아니라, 악마의 무시무시한 광경 앞에서 공포에 떨게 함으로써 그의 무모한 호기심의 위험성에 대해 경고하고 분명한 한계를 일깨워주어, 자신의 관리하에 있는 법을 그의 세계에 심는 것이었다. 그의 계획대로라면, 알바로는 그가 가르쳐준 강신술로 그토록 화려한 성공을 거둘 수는 없었다.

그러나 알바로의 모험의 발단은 소베라노가 자신의 신비

로운 능력을 그에게 과시한 것에서 비롯했다. 뿐만 아니라 소베라노는 자신과 긴밀한 관계를 맺는다면 그러한 마술적 지식을 전수해줄 수 있노라고 이 순진한 청년을 넌지시 유혹하고 그를 동굴로 직접 인도한 다음 마법의 주문을 가르쳐주기까지 했다. 이처럼 이 젊은이에게 엄청난 욕망의 유혹에 빠질 기회를 제공한 것도 바로 소베라노 자신이다. 그러고는 자신이 가르쳐준 강신술에서 지나치게 성공적인 결과를 끌어낸 알바로에게 "비싼 값을 치를" 것이라는 경고도 잊지 않는다. 결국 소베라노에게 주어진 몫은 욕망의 길로 그를 인도하는 동시에, 그것이 허용된 범위 내에서 채워지도록 그에게 한계를 심어주는 '상징적 아버지'의 역할을 수행하는 것이라고 할 것이다. 악마가 등장하는 순간에 동굴 속에 울려 퍼진 "케 부오이?"는 알바로에게 그 자신의 욕망의 정체를 묻는 질문이었으며, 또한 비온데타와의 육체적인 결합이 결정적으로 이루어지려는 순간에 다시 그의 귓전에 울려 퍼짐으로써 그의 욕망이 금지된 것임을 일깨우고 공포를 불러일으킨 내면의 목소리라고 할 수 있다.

그러나 소베라노의 초자아 역할은 작품 초반에 끝나버린다. 이 이야기의 환상적 효과들은 욕망에 이성을 잃어가는 청년에게 공포를 불러일으키는 초자아의 위협적인 목소리가 여러 인물들을 통해 분산되는 서사 효과에 상당 부분 기인하는 것 같다. 먼저 텍스트의 표면에는 세상을 떠난 아버지의 부재를 보완하는 종교심 강한 어머니의 고아한 도덕성이 돋보이고 있어, 아버지를 표상하는 인물들의 출현은 더욱 환상적인 효과를 일으킨다. 그리고 악마가 여러 다른 이미지로 변신함으로써 그 정체성이 흐려지고 순간순간 망각되거나 의심되는 것처럼, 부권을 표상하는 인물들 또한 얼굴과 목소리의 교체를 통해 다양한 방식으로 등장함으로써 그 정체가 독자에게 쉽게 드러나지 않는다.

포르티치 동굴로 동행했던 인물들 가운데 작가가 유독 부각시키는 인물은 베르나딜리오이다. 동굴에서 나와 나폴리로 돌아오는 순간부터 그는 소베라노의 역할을 대신하게 되며, 그의 목소리는 훨씬 더 위협적이다. 그는 알바로에게 그가 동굴 속에서 넘지 말아야 할 선을 넘었다는 사실을 일깨우면서 이렇게 말한다. "당신은 아직 젊어. 당신 나이에는 욕망이 너무 강해서 모두들 곰곰이 생각해볼 시간의 여유를 가질 수가 없어. 그저 전적으로 쾌락만을 서둘러 누리고자 할 뿐이지." 이것은 풍부한 인생 경험에서 나온 진단이며 소베라노의 경고를 강화시키는 말이다. 공교롭게도, 알바로는 그의 발언에 바로 뒤이어 자신은 종교심이 강한 어머니 멘시아 부인과 나무랄 데 없는 신사이셨던 아버지 베르나르도 마라빌랴스의 슬하에서 품위 있는 훌륭한 교육을 받았음을 강조하며, 자신이 합리적 판단과 이성적 절제가 가능한 인물임을 강조하고 있다. 베르나딜리오와 베르나르도의 유사한 두 이름 사이의 소리 연상을 통해, 전자가 떠맡은 목소리의 정체에 대한 이 해석이 좀 더 설득력을 얻을 수 있을 것이다.

불법적인 욕망이 합리적이고 이성적인 목소리로 가장하여 의식의 표면을 배회할수록, 그리고 그것이 점점 더 확고한 현실감을 주체에게 심어줌으로써 설득력을 얻을수록, 초자아는 역으로 더욱 광포한 폭력을 휘두르는 무시무시한 이미지를 띠게 되는 것 같다. 베르나딜리오의 강박적인 출현은 잊혀져가는 비온데타의 악마성을 점점 더 무서운 방법으로 일깨우며 섬뜩한 공포를 자아낸다. 심지어 어느 순간에는 진정한 환상적 존재는 오히려 베르나딜리오가 아닐까 착각마저 들 정도로 텍스트를 가로지르는 변장된 아버지의 형상은 상상 세계 깊숙이 침투해 있다. 정신분석에서 억압의 회귀는 곧 억압된 것의 회귀를 의미한다. 억압자인 베르나딜리오의 등장으로 생성되는 이 불안한 감정이야말로 프로이트가 환상문학의 미학적 열쇠로 제시했던 것처럼, '억압된 것이 회귀하는' 순간에 생성되는 섬뜩한 감정이 아닐까.

IV

이제, 이와 같은 무의식의 미학이 환상문학이라는 새로운 장르의 탄생과 관련하여 어떻게 해석될 수 있는지 살펴보자.

아버지를 표상하는 인물이 좀 더 위엄 있고 현실적인 인물에 의해 정정당당하게 재현되는 것은 이야기의 마지막 부분에서이다. 그러나 '뿔을 부러뜨리는 자'를 의미하는 그의 이름은 환상적 분위기를 연출하기에 손색이 없다. 온갖 우여곡절 끝에 어머니의 품에 안긴 알바로는 그동안 자신에게 일어났던 이야기를 모두 털어놓는다. 실제와 비실제, 꿈과 현실이 구분되지 않는 알바로의 상태를 심상찮게 여긴 어머니는 살라망카 대학의 늙은 대학자인 케브라쿠에르노스를 부른다. 어머니가 이름을 불러 권위를 인정해주는 자야말로 진정한 상징적 아버지의 권위를 획득할 수 있다. 그는 자신의 이름에 걸맞게 알바로에게서 악마에 대한 두려움을 쫓아낸다. 그의 결론은 간단하다. 알바로는 일단 악마의 손아귀에서 벗어나 승리했다. 그렇다고 악마의 위협이 완전히 사라진 것은 아니지만, 악마로부터 보호받기 위해 수도원에 칩거할 필요까지는 없다. 다만 앞으로 더욱 경험과 지식을 쌓아 사회 발전에 이바지할 것이며, 무엇보다 매력적인 여성들을 모두 악마로 취급하지는 말되, 어머니가 정해주는 여성과 결혼하여 합법적인 틀 속에서 쾌락을 추구하라는 것이다. 부권의 위엄을 살리는 합리적이고 이성적인 결론처럼 보인다.

그러나 그의 진단만큼은 그리 간단하지 않은 것 같다. 우선 보기에, 이 신학자는 악마의 존재의 실제성을 확고하게 인정하고 있다. 그는 악마들이 거주하는 동굴을 멀리서도 훤히 들여다볼 수 있는 혜안을 갖고 있다고까지 했다. 그러나 그가 위대한 인물들로 추앙하는 장 보댕과 베케르는 모두 합리적 이성을 근거로 하는 회의주의자들이었다. 뿐만 아니라 비온데타는 악마의 화신이 아니라 실체 없는 "매력적인 유령"에 불과하다. 알바로의 모험담 전체를 하나의 현실로서 아무런 유보 없이 긍정하는 것처럼 시작하던 대학자의 진단이, 그가 겪었던 혼란스러운 사건들이 사실은 모두 상상이 지어낸 허구일 뿐이라는 것을 은근히 암시하고 있는 것이다. 그의 담론의 이중성이 지니는 모호함은 벌어진 사건들이 어디까지가 현실이며 어디부터 비현실인지 구분할 수 없도록 만듦으로써, 마지막 순간까지 독자들을 묘한 혼란 속에 남겨놓는다.

여기서 작가가 그의 모호한 담론 속에 또 다른 의도를 새겨 넣었다는 사실에 주목하자. 그는 '이중적인 알레고리'가 이 작품 속에 들어 있음을 후기에 밝히고 있다. 그 하나는 이미 보았듯이, 이성의 '합리적' 영역에 편입될 수 없는 상상 세계의 힘이 얼마나 강력할 수 있는가 하는 것이다. 다른 하나는 더욱 은밀하게 들어있는데, 그것은 갈수록 교묘해지는 악마의 유혹 수법에 대한 케브라쿠에르노스의 비난 섞인 언급에 있다.

여기서 악마에 빗대어 떠올려진 자들은 바로 그 시대를 주름잡던, '리베르탱'이라 불리던 자유연애주의자들, 즉 무도덕을 표방하던 근대적 악마들이다. 17세기에 수신(修身)의 윤리적 행동 지표였던 이성적 자기 제어는 18세기에 들어서는 철저한 감정 제어 속에서 육체의 쾌락을 추구할 목적으로 세밀하게 계산된 유혹의 행동양식으로 변모했다. 이 대학자가 폭로하듯, 그 "시대의 인간들이 서로를 타락시키기 위해 상호적으로 사용하고 있는 계략"들을 실천하면서 "덕성까지도 모방"할 수 있는 악마는 카조트의 작품이 발표된 지 10년이 지난 1782년, 라클로에 의해 창조된 『위험한 관계』의 중심인물 메르퇴유 후작부인과 흡사하다. 그녀의 비참한 말로가 폭로해버린 그녀의 추악한 악마 이미지는 자유의지의 완벽한 실현을 위해, 계략과 술수를 통해 정복하고 지배하는 대결 구도의 관계로 사랑을 전락시켜버린 자유연애주의자들의 쾌락지상주의의 한계를 보여준다. 자유의지의 극단적인 행위라고 할, 천하제일의 '리베르탱'이었던 발몽의 자살은 숭고하고 순수한 사랑에 대한 그리움과 실패자에 대한 연민을 낳는다는 점에서 매우 낭만적인 색채를 띠며, 이루지 못한 그의 사랑은 비온데타의 실패에 반향을 던진다.

이처럼 카조트의 직관은 자유의지에 대한 절대적 신뢰에 기초한, 합리적 이성과 유물론에 근거한, 한계를 모르는 비이성적인 쾌락추구에 대한 찬양이 더 이상 지탱될 수 없다는 사실을 예감했다고 할 것이다. 이러한 관점에서, 케브라쿠에르노스의 목소리를 통해 발현된 부권의 조언은 이성과 의지의 절대 자유에 대한 열망의 드높은 기세, 파멸의 불안, 그리고 새로운 이성적 질서에 대한 바람이 혼합된, 그 시대 정서의 한 반영이라고 할 수 있을 것이다.

결국 알바로가 체험한 환상적 세계를 실제로서 인정하는 이 신학자의 태도는 이야기에 모호함을 남겨놓기 위한 카조트의 미학적 전략이었지만, 또한 그것은 상상계 속에 상징적 아버지의 법을 세우고자 하는 초자아의 전략을 모방한다고 할 수 있다. 한계를 모르는 호기심과 모험심이 열어놓은 상상 세계를 부인하고는 그 세계를 제어할 상징적 아버지의 법이 그 중심에 설 수 없을 것이다. 상상계 속으로 뛰어들지 않고서는, 다시 말해 환상적 영역이 배제되고서는 상징적 팔루스를, 금기를 심을 수 있는 여지도 없어진다. 앞서, 우리는 알바로를 위험한 상상적 모험으로 이끈 자가 바로 아버지를 표상하는 인물이라는 사실을 보았다. 초자아는 욕망하는 자아를 환상세계로 과감하게 뛰어들게 하면서도 결코 현실을 완전히 망각할 수 없게 만든다.

여기에 알바로의 꿈의 진정한 의미가 있다. 과연 비온데 타와의 합방은 꿈이었던가? 실제였던가? 꿈과 실제의 경계가 분명하지 않은 상황 속에서 금지된 욕망의 성취는 교묘하게 알리바이를 얻을 수 있다. 이렇게 환상문학은 변장된 형태 속에서 욕망을 실현하면서도 결국은 주체를 현실로 되돌아오게 만듦으로써, 실현된 욕망을 모호한 침묵 속에 남겨둔다. 그것은 낭만주의 문학처럼, 물질적 현실의 한계에 부딪혀 추락한 자아가 불가능한 절대의 실현에 대한 향수에 젖어 현실을 벗어나려는 무모한 정신병적 광기로 나아가지 않는다. 바로 이러한 초자아의 이중적인 입장이 실제와 비실제의 문턱에서, 사실주의와 낭만주의의 경계지점에서 환상문학을 가능케 하는 것이 아닐까 싶다.

이제, 우리는 악마의 탈을 쓰고 새로이 은폐된 욕망의 등장 형태에 대해 하나의 의미를 부여할 수 있을 것 같다. 즉 유물론에 입각한 쾌락원칙을 수정해야 할 필요성이 대두된 상황에서, 무의식은 오히려 억압된 태곳적 욕망을 표출할 수 있는 어떤 적절한 미학적 표현형태를 문학에서 모색했던 것이 아닐까. 마치 태곳적 어머니가 살아 숨쉬는 상상의 장에서 최초의 금기를 환기시키는 것이 아버지의 법을 굳건히 하기 위한 필연적인 과정이듯, 억압된 것의 회귀가 억압의 회귀를 부른 것이 아니라 절제를 요구하는 새로운 사회 분위기가 역으로, 억압된 욕망을 자극이나 한 것처럼 말이다.

세계환상문학을 새롭게 읽는다

우리가 이미 깨닫고 있다시피, 21세기는 인류 역사상 또 하나의 대전환기를 준비하고 있습니다. 직선적 역사 발전을 신봉해온 근대주의는 그 한계를 드러내기 시작했고, 이성 중심의 합리주의·과학주의 같은 지배 담론들도 그 권위를 의심받기에 이르렀습니다. 반면에 그동안 전근대적이고 비이성적인 것으로 폄훼되어 문화의 비주류로 밀려났던 환상과 직관 같은 사유와 감성 체계들이 주목을 받으면서 디지털 시대의 코드로 등장하고 있습니다.

이러한 시대적 흐름에 부응하기 위하여 열림원에서는 책 읽기의 새로운 마당을 마련하려고 합니다. 지난날부터 오늘날에 이르기까지 유의미한 텍스트들은 늘 새롭게 읽을 필요가 있고, 특히 환상문학의 고전과 걸작 중에는 아직도 우리나라에 소개되지 않은 책들이 적지 않다는 인식 아래, '이삭줍기' 시리즈는 세계문학사의 보석 같은 작품들을 발굴하는 데 역점을 둘 것입니다.

우리는 고정관념에 얽매이거나 시류에 영합하지 않고 풍성한 책의 잔칫상을 차리는 데 최선을 다하겠습니다. 허드레 정보가 범람하는 세상일수록 알찬 책들과 만나 지혜를 얻고 상상력을 키우는 것이야말로 뜻깊고 소중한 일일 것입니다.

기획위원 김석희

사랑에 빠진 악마

초　판 1쇄 발행　2006년　2월　3일
개정판 1쇄 인쇄　2021년 11월 19일
개정판 1쇄 발행　2021년 11월 26일

지은이　자크 카조트
옮긴이　최애영
펴낸이　정중모
펴낸곳　도서출판 열림원

출판등록　1980년 5월 19일(제406-2000-000204호)
주소　경기도 파주시 회동길 152
전화　031-955-0700
팩스　031-955-0661　　　　　　　　　페이스북　/yolimwon
홈페이지　www.yolimwon.com　　　　　트위터　@yolimwon
이메일　editor@yolimwon.com　　　　　인스타그램　@yolimwon

주간　김현정　　　　　　　　　　　　　마케팅 홍보　김선규 임윤정
편집　조혜영 장서원 황우정 최연서　　온라인사업팀　서명희
디자인　강희철　　　　　　　　　　　　제작 관리　윤준수 이원희 고은정 원보람

ISBN　979-11-7040-055-4
ISBN　979-11-88047-90-1　04800 (세트)